Karl Marx

Karl Marx

卡尔·马克思

舒洁 著

广西师范大学出版社
·桂林·

卡尔·马克思
KAER MAKESI

策　　划：蓝廖国
出版统筹：罗财勇
质量总监：余慧敏
责任编辑：罗财勇
责任技编：姚以轩
装帧设计：@吾然设计工作室

图书在版编目（CIP）数据

卡尔·马克思 / 舒洁著. --桂林：广西师范大学出版社，2021.4
　　ISBN 978-7-5598-3599-4

Ⅰ．①卡… Ⅱ．①舒… Ⅲ．①叙事诗－中国－当代 Ⅳ．①I227.3

中国版本图书馆 CIP 数据核字（2021）第 011783 号

广西师范大学出版社出版发行
（广西桂林市五里店路 9 号　邮政编码：541004）
　网址：http://www.bbtpress.com
出版人：黄轩庄
全国新华书店经销
广西广大印务有限责任公司印刷
（桂林市临桂区秧塘工业园西城大道北侧广西师范大学出版社集团有限公司创意产业园内　邮政编码：541199）
开本：620 mm × 1 000 mm　1/16
印张：28.5　　　字数：180 千
2021 年 4 月第 1 版　2021 年 4 月第 1 次印刷
印数：0 001~8 000 册　定价：100.00 元
如发现印装质量问题，影响阅读，请与出版社发行部门联系调换。

序

点赞长诗《卡尔·马克思》

诗人舒洁的新作《卡尔·马克思》,值得点赞。

这部八千多行诗句的长诗,感觉细腻敏锐、思绪穿越时空、激情汹涌澎湃,创造了宏大深远的艺术意境,表达了这样一种崇高的敬意,如他在"序诗"中所说:"卡尔·马克思／在这个年代,我以中国诗人的身份／向你致敬!"

舒洁在《我写〈卡尔·马克思〉(代跋)》里说道:"有一些人问我,为什么会写这部长诗?……我的回答是,因为我想写。"

我相信,至少在中国,绝大多数读者都会理解、认同舒洁的回答。因为在中国,对马克思的崇敬,不仅是中国共产党人的真挚感情,也是现代以来整个中华民族的共同心声。因而,向马克思致敬,对中国诗人说来,有着深厚的社会历史背景和强大的内心情感冲动。

2021年7月1日，是中国共产党建党100周年的伟大节日。中国共产党以马克思主义为指导思想，100年来领导中国人民取得了一个又一个辉煌胜利。光荣归于中国人民，胜利源于马克思主义的正确指引。在这欢庆胜利的日子里，抚今忆昔、饮水思源，中国共产党人对马克思主义的伟大创始人马克思，充满了崇高的敬意。

中华民族有着5000年悠久历史，对人类文明进步做出了足以自豪的贡献。但是，在近代，中国备受帝国主义侵略和欺凌，经历了百年屈辱和凋零；无数志士仁人，为了寻求救国救民的真理，掀起了向西方学习的热潮，进行了各种社会变革和实验，但是都失败了。直到俄国十月革命一声炮响，给中国送来了马克思主义，中国人民才从精神上由被动转为主动，中国革命的面貌才为之一新。在中国共产党领导下，中国人民经过艰苦卓绝的奋斗，推翻了三座大山的压迫，建立了新中国，走上了独立自主、建设社会主义现代化、实现中华民族伟大复兴的道路，取得了举世公认的成就。将马克思主义与中国的具体实际和时代发展相结合，是中国革命、建设和改革不断胜利的秘诀。理所当然，中国人民对马克思充满了崇高的敬意。

所以，马克思的故乡特里尔，成了中国人在欧洲争相前往的红色旅游胜地，中国艺术家吴为山怀着深情为特里尔创作了马克思雕像，而中国诗人舒洁也奋笔用诗歌向马克思致敬，下笔千言，情驰万里。

诗歌创作追求的最高境界究竟是什么呢？毫无疑义，诗歌当然是诗人个人真情实感的抒发，而只有当诗人激情的迸发和着时代奋进激越的鼓点，当诗人深情的讴歌唱出了人民真挚的心声，这个时候，诗人的歌唱就翱翔在诗国的珠峰之巅。舒洁的这部新作，不就是在向着这个湛蓝的深空奋飞疾进吗？

当然，写什么是一个重大问题，如何写又是一个重大问题。具体到舒洁这部长诗，我们赞赏作品对马克思的敬意，同时我们在欣赏中也必定会进一步品味，作品为我们塑造了一个什么样的马克思？这个马克思的形象包含了怎样的历史真实，又浸润了怎样的时代真情？换个角度说，也就是要品味是什么样的历史诗情叩击了诗人的心灵，又是什么样的时代真情拨动了诗人的心弦呢？

诗人在"序诗"中透露了全诗的脉络，告诉我们：他将"向着过去遥远的时光飞翔／目的地：特里尔"；"我将踏上一种路途／从中国开始，到你的特里尔／波恩，柏林；到巴黎，里尔／到北美洲，南美洲／回返之后，到印度，俄罗斯／最后，我会到日本／在这广大的地域上／我要去探寻，你的声音／为何幻化成随处开放的花朵／最终／我会回到我的祖国，我将此旅／视为一次心怀肃穆的朝圣"。

诗人画出的这条"朝圣"之旅的路线，正是马克思的人生旅途以及他的思想传播的大致路线。你如果翻到这部长诗的末尾，将全部注释的内容连起来看看，那不恰恰是一部简明的马克思传记吗？

诗人在创作的酝酿阶段，曾集中精力埋头攻读马克思的著作，并搜寻、阅读了多种关于马克思的传记作品。诗人发现："需要对你一读再读／不仅读你的文字／更要读你的灵魂"。

于是，诗人就带着我们跨越时空，循着他"朝圣"之旅的路线开始"飞翔"，去跟随、去接近马克思的人生旅途和精神世界。在特里尔，他让我们看到少年马克思"通过戏剧看到人类的命运／他爱上诗歌，他因此／正视劳作者的悲苦"，"他确立的人格坐标是／'人类的幸福和我们自身的完美'"。看到青年马克思和燕妮美好、圣洁而伟大的爱情与终身的陪伴；看到他"从柏林／到斯特拉劳／他年轻的心，产生了／越来越多的疑问"，"他无比坚定地确立了自己人生的信念／'为人类服务'"；看到他艰辛、伟大的理论探索，"在缜密的逻辑中寻找路径／如鹰隼在乌云里寻找缝隙／在天空中留下的符号／你为苦难者代言／你落在纸上的每一个文字／都有生命悲悯的体温";看到欧洲一个又一个帝国对他的驱逐,却无法阻挡他坚定前行的脚步。看到"共产主义者同盟",马克思成为"旗帜之魂","在人类典籍中／只有你的哲学可以形容为旗帜／并被贫苦者所接受","共同的旗帜是一种昭示／呼唤为此献身的人／已经献出了自己";看到《共产党宣言》诞生,"这是光,是惊雷,也如波涛",这是"人类第一次对苦难与黑暗的声明／一些人觉醒了／一些人集结了／一些人出发了／一些人高举精神的旗帜／沿途呼唤更多的人","通过神圣的宣言／你为全世界无产者／指明了未来光明的旅途"。看到马克思在人生的后一个三十年,"为了信仰／你甘愿忍受贫困与孤独","你在冷漠、傲慢与偏见的围困中／遥指人类桅杆之顶","你的心中装着唯一的上帝／——人民！人民／你视人民为母／你视人民为父／你视人民为创造真理的道路"……

这样,诗人就领着我们,"以信仰的名义接近信仰／以爱的名义接近大爱／以飞翔的名义接近苍茫辽远的心绪／以岸的名义拥住不竭的源泉和梦想",让我们了解马克思是"一个真实的男人,一个充满血性的英雄,一个深刻阐释了世界无产者内心声音的先哲","一个立体的、杰出的、不朽的人"。这难道不就是中国人民和中国共产党人由衷敬仰的伟大的马克思吗?是的。

诗人曾多次与马克思的画像对话,他特别写到马克思的"注视":

"我尝试目送你/以诗人的身份,我尝试追寻你的身影/我可以感觉你和蔼可亲的注视/那是你晚年的形象/常常让我联想起自己的外祖父/我相信你的目光/你深沉的,干净的目光/你的一尘不染的目光

"我承认/你曾影响我少年的心灵/那时,站在你的画像前/我尝试与一位老人对话/你的形象和目光让我相信善良/平安的夜晚,长满树木的远山/你的形象和目光,就如我的亲人"

后来,诗人又写道:

"我承认/在我少年时/我就已经被你的追随者感动/那时,你安息于理想的基石/他们,后来的人们/在苦难的东方大地上/用生命捍卫共同的旗帜/你望着他们,他们说/他们能够感受到你的注视/他们是先驱者,这些杰出的人/将旗帜视为最为珍贵的智慧"

诗人在诗歌中告诉马克思:他相信,"你就在那里/

在你的世界注视着我们"，而我们"这里，是接受你珍贵遗赠最多的国度"，"你的珍贵的遗赠／在中国的大地上／已经扎下深根"。

就这样，诗人用"注视"穿越时空，沟通着我们和马克思的心灵。诗人在"代跋"中还直接向读者诉说道："我要说，在今天，我们真的需要这位伟大先哲含蓄的注视，你可以从他的目光中感觉到火焰，感觉到燃烧的信仰与激情，感觉到河一样绵延的爱，感觉到铁一样的真实以怎样的形态接近并揭示了真理。"

在今天，面对百年未遇之大变局，让我们在马克思的"注视"下，高举马克思主义真理、信仰的伟大旗帜，为中华民族谋幸福、为世界各国人民求发展，不忘初心，继续开拓前进。这是我们对伟大导师马克思最为真挚、最为崇高的致敬。

严昭柱

2021年3月

严昭柱，著名文艺理论家，曾任《文艺报》副总编辑、中共中央政策研究室文化研究局局长，现任太湖世界文化论坛主席。

目　录

序　诗　　　莅　临　3

第一章　　　凝望特里尔　19

第二章　　　在河流之间　47

第三章　　　为贫苦者书　63

第四章　　　庄严奠基　87

第五章　　　被放逐者　109

第六章　　　永恒的荣誉　133

第七章　　　共同的旗帜　157

第八章　　　神圣的宣言　　181

第九章　　　必由之路　　203

第十章　　　1848 年：身影与火焰　　225

第十一章　　贫困与信仰　　249

第十二章　　荣誉是这样铸就的　　273

第十三章　　典范：巨浪中的航船　　297

第十四章　　中国：活化石　　319

第十五章	无价的遗赠	341
第十六章	你的世界	363
第十七章	国际歌	387
第十八章	通向陕北的道路	411
代　跋	我写《卡尔·马克思》	432

卡尔·马克思

······················

序　诗

莅　临

我接近你

特里尔的少年，我接近

你所认定的火焰般的真理

我在你纯粹的语言中谛听

特里尔，你的降生地

充满永恒光辉的小城

因为你，被我视为亲爱的圣地

就这样开始了

我阅读你，就如面对一座年轻的山脉

我知道，我会进入纵深

我的目的不是为了寻找

我渴望呈现，在人类世界

被你影响的心灵永存崇敬

在最为接近的地方,人类的祈愿

从未让虔诚迷失

就如我,从你十七岁开始

我一路追随,直至你成为

一位闻名世界的伟大的智者

这不是我的选择

与你不朽的魂灵对话

是因为一个契机,在中国

南北气候分界线上有一座珠城

它叫蚌埠,就在这里

我偶然遇到来自你故国的人[1]

她对我谈起你,她引领我

向遥远的真实走近

就在那一瞬间

我突然萌动一个心愿

我要为你,伟大而神圣的人

献上一部颂诗!我知道

我由此会进入往昔时间

---

[1] 2019年金秋,在安徽蚌埠市湖上升明月古民居博览园,我见到专程前来参观的德国马克思纪念馆前馆长波维叶。

这是曲折之旅，它将通向

杰出智慧与思想的源头

让我在那里回望仁爱肃穆的世界

我接近你

莱茵河上的航行者，你的目光

在那个年代穿越德意志

我想象某个瞬间

从自然与大地之怀静静绽放的花朵

你在其中，你分辨丰富的色泽

在强烈的对比中

你年轻的心

感觉到鲜红的火

必须确认奠基

特里尔，波恩，柏林

属于你的年轻的真理与爱情

依托于伟大的奠基

只有开始，没有结束

在凌晨的烛光下

你写就爱之书，像许多

不朽的贤哲那样，你在诗歌里

发现了门与道路，它通向辽远

但归于心灵

柏林

属于你的诗歌的王城

一座充满叙事风格的王城

被年轻的爱情感动

纯粹的，温情的，真实的语言

那浸润精神的过程推动你上升

爱之书

你的十八岁的理想，在自然的色泽中

呈现给世界

你已经看到了彼岸

一切美好的东西

都在那里向你招手

特里尔

你的圣城，遥望那里

在每一寸目光中都有亲爱的土地

你，年轻的预言者

在对爱的感知中获得了诗歌

这才是初始，对整个世界的爱

首先来源于一个美丽的女子

她几乎集合了一切美德

她，曾经是你为之奔赴的旗帜

我们总会亲近让心灵感动的事物

当你启程走向一生的挚爱

你就确立了一个坐标

那是你的选择，天启的光芒

映照你充满智慧的额头

从此

没有任何力量阻止你的表达

对爱人，也对这个世界

你的表达，汹涌的真情之海

亲吻精神的海岸

至今仍在发出回声

那是明晰方向的飞行

你的生命依托安宁的特里尔

你在欧洲大地,对这个世界

表达了血红的心意

你的语言,那些滚烫的

真实可信的精灵

至今拥有广阔无垠的天空

我接近你

只能以仰望的方式,像一个幼童

沉迷于最亮的星子

距离,有时就是高度

这充满神秘,最亮的星子

在遥想的空间依托一棵蓬勃的树木

上面的果实色泽殷红

它象征人类之思

人类之寻

人类之梦

你已经在那里了
这个世界不会遗忘你的名字
你没有在时间里走失
你在永恒的微笑里
你在准确的预言里
你在透着清澈明朗的阳光里
你在接受真情推动的示意里

从你最早的诗歌中
我读到纯净的水，温和的土地
还有你通慧的目光
凝视心的方向

你诗歌的语言已经成为火焰
那是移动的光芒
那时候，年轻的你心怀笃定
你所相信的一切早已存在
你揭示，是为实践你的追求

证明年轻的心，在某种启示里

开始回应时间与世界

我接近你

一个伟大而理性的人

你的青春之路，在存在荆棘的世界

你没有否认玫瑰的美丽与芒刺

这是你的态度，对人类世界

你的内心充盈着尊重

你年轻的探寻遵循逻辑和原则

在德意志，从特里尔开始

到柏林与波恩，你善意对待

他人的方式，根植于你对世间的认知

你在特定的时刻出现

让一些人，让更多的人

让人类听到你的声音

我接近你

接近你的智慧，你的庞大的气象

让我联想汪洋和云海

是的，你也是明亮的星子
在暗夜里成为倾吐
而世界，不会忽视倾听

我阅读
也在选择，你的传记一如碑林
我行走其间，渴望感觉到你的生命
在无尽的背景里闪着光泽
不错，我首先看见了你的眼睛
那是另一种海，有一种航行
仍在继续，而你，也是灯塔
你相信一定会有守望的人
始终认同你的爱与信仰

我接近你
接近时间之舟，那渐渐走远的天地
在时间洲头，我看见
你的青春爱恋停留在柏林
那里有你的天使，守着命定的约期

那里集合着

我对青春，爱情，对诗歌全部的想象

如今，一些生动的意象

已经变为彩林

勇于表达

对鲜花盛开的季节，对爱人

勇于袒露心扉，绝不错过

黄金般的时刻，我是说那样的色泽

如何改变着我们

此刻，我接近你

感觉你博大的胸襟

以叶子的形态深恋着故园

那是特里尔

你的降生与出发地，积淀厚重的古城

你在那里接受了贤哲的启蒙

我知道，你曾怎样阅读时间之海

在绽放的浪花中

你分辨夜与昼

白与红

你的少年

那个逻辑缜密的年代

如今隐隐地透着湛蓝,如极光

你在那里微笑,凝望着人类

我接近你

以信仰的名义接近信仰

以爱的名义接近大爱

以飞翔的名义接近苍茫辽远的心绪

以岸的名义拥住不竭的源泉和梦想

你,卡尔·马克思

杰出的人类之子

你的价值已经接近星辰的品质

你准确预言的声音

像恒久的风,撼动人心和时间

我将踏上一种路途

从中国开始,到你的特里尔

波恩,柏林;到巴黎,里尔

到北美洲，南美洲

回返之后，到印度，俄罗斯

最后，我会到日本

在这广大的地域上

我要去探寻，你的声音

为何幻化成随处开放的花朵

最终

我会回到我的祖国，我将此旅

视为一次心怀肃穆的朝圣

我不是去追寻答案

因为答案就在那里

我接近你，我将在你灵魂的气息中

确认真理的诞生

依托一种对未来时间的认知

它几乎决定了所有的可能

其中包含人类的思考与命运

我接近你

信仰的圣徒，在天幕一样的背景下

我阅读有关你的细节

这个时刻,我所需要的

除了虔诚,还有笃定

我倾听雄浑的交响

其中有风,有云阵,有海浪

有桂花飘香,有群山落雪

有人类最亲的近邻,我是说树木

它们站立在各自的位置

成为交响的序曲

这是最为生动的部分

我呈现给你的序诗

向着过去遥远的时光飞翔

目的地:特里尔

我会选择在一个黎明抵达

我需要在光照万物的时刻

接近你永生的灵魂

卡尔·马克思

在这个年代,我以中国诗人的身份
向你致敬!我需要你的启示
关于一部颂诗的结构
我需要在你的气息中沉思

就从特里尔开始吧
从你十八岁开始,我首先进入你的诗歌
那是一扇门,那也是坚定的奠基
对人类世界,这种奠基厚重无比
就如展翅黎明的鹰隼
以其鸣歌唱天地

卡尔·马克思

....

第 一 章

凝望特里尔

在摩泽尔河右岸

一场雨刚刚停歇,这个时候

圣安东尼教堂的钟声响了

绿树掩映的街道上空

飞过奇异的云阵

1818 年 5 月

那注定的时刻闪耀光泽

那是两个世纪前的早晨

你的诞辰日,因为雨

变得干净清新,你降生

后来成为一个节日

降生也是迁徙

你顺着红色血脉而来

进入一个杰出家族的族谱

特里尔，摩泽尔河谷

古老的欧洲走在年轻的时间中

那个五月，对后来的世界

是一个庄严的事件

它由此预示根本性的巨变

那是光，在特里尔清晨升起

向广大的世界飘去

就在那里，你获得姓氏

在后来的时间里

成为无可替代的象征

特里尔

符号一样的城镇，海洋一样

精神世界的核心

它不是远方，它是光芒

特里尔

庄严的初始，不竭源流的诞生地

那个少年，被你深深宠爱的孩子

在摩泽尔河畔听到诗歌的节奏

你影响他的心灵

你塑造了他，用你的水，你的土

你的可见绿树鲜花的路

当他能够熟练地运用一种语言

在寄给你的信札里

他开始思考人类

那是无比圣洁的表达

是你给了他如此的智慧

你也给了他眺望远方世界的高地

在柏林凌晨的烛光下

他展望新的世界，他所珍重的爱之书

是诗意飞翔的信札

这是一艘思想巨轮起航的声音

特里尔，这是福音

它真的贯穿着你的气息

特里尔

你早已被我视为圣地

远隔千山万水,我向你致意

这不是手语

这是充满怀想的凝眸

是在所有的道路中

首先选择通向你的路口

这肯定是奔赴,我要走进你

到摩泽尔河畔

追寻光明一样的灵魂

你已经迎接神圣的时刻

那不是奇迹,那是必然的诞生

那是你,特里尔,在漫长等待后

听见的声音,纯粹,嘹亮

那是一个预言,在你的清晨

向世界传播的信息

这个信息属于更多的人

他们劳作，也深怀感恩

特里尔

二百年前，你所呵护的降生

属于整个世界

那个婴孩，他的哭声就是宣谕

这个世界，即将从本质上发生改变了

一切，都寄希望于时间之思

我在东方贴近你

特里尔，我贴近你的土地

贴近你的安宁美丽的清晨

贴近你给了一个少年以智慧的水

让他在外部世界

不时对你回眸

我贴近你

你的时间，发生在时间里的所有的奇迹

贴近你，特里尔

让我们在今日

依然对他的降生保持怀想

让我们在这世间

找到某种出处

在一栋典雅的建筑中

你接受启蒙,你的十二岁的河流

开始自由流淌,我能看到的

建筑的尖顶,窗子,灯光

门前洁净的道路

这些意象构成了我的远方

十二岁,你洞悉人类语词

你与先哲对话,接受开明

你是特里尔记忆中

最为深刻的部分

特里尔

你城郊的山路上至今留着

一个少年的足迹

在人类智慧的群峰里

这个少年选择了最高的一座

那里集合了哲学

诗歌与音乐，这些光
来源于人对自然世界的体味
他徜徉其中，保持热爱与尊重

特里尔
这是你的不会锈蚀的时间啊
它是一部简章，它所记录的
是一个年代的深刻变迁
是注定会闪耀的奇异
是结晶，绝对超越了金子和宝石的品质
那是被人类一再破解的存在
它并不神秘，它是最接近心灵的港湾
停泊期待，蓄势启航

有谁想过世界的屋檐
在最高的冰山，悄然融化的水
在广大的土地汇成河流
特里尔，有谁想过一个少年
通过戏剧看到人类的命运
他爱上诗歌，他因此

正视劳作者的悲苦

他在你的怀抱里产生疑问

他用目光探寻世界

在高处的，在低处的

在现实和梦境中的

他渴望敲碎表面鲜亮的石头

看到内核与裂纹

他是接受天启的少年

是你最生动的音符

除此

没有任何力量可以改变他了

特里尔，在你透明的曙色中

他确立的人格坐标是

"人类的幸福和我们自身的完美"

这个时候，对于他

世间一切险阻

都如含笑横渡

不可忽视源流

肃穆一隅，清风吹过原野

一个少年在那里获得启悟

在德意志，在特里尔，在誓词般

语言的后面，清澈的眼神

久久凝望着光明与黑暗

那是两种物质，是有形的

是无声的！他对世界说

如果我们选择了

就不怕牺牲！那是

千百万人的幸福

这同样无声，但会存在下去

"而面对我们的骨灰

高尚的人们会洒下热泪。"[1]

入夜

我感觉铸铁的声音，铸铜的声音

特里尔落雨的声音

我感觉一个天才少年心跳的声音

他的火一样燃烧的思想

在人类世界找到了故乡

---

[1] 《马克思恩格斯全集》，第2版，第1卷，中国社会科学出版社，2018年，第459页。

他是一个犹太少年

在地理学上的异地

他的思想穿透厚重的帷幕

我感觉地平线上微微浮动的声音

是干净的,属于奥秘

特里尔,我感觉你的养育和包容

在神一般的氛围里

他赢得了翅羽隐没的天空

就那一刻

特里尔早晨的金色,充满隐喻的蔓延

在一个少年的目光下

所汇聚的温暖,渡海而来

没有声息,这不像风

这是紧紧贴附于大地山川的火焰

精美的纹络清晰可辨

那一刻

犹太少年是被塑造者,在一面土坡上

他的意念被我们称之为理想

通过他的目光向远方行进

那么坚定,他的形象被确认

思想者,在特里尔

树冠微摇的清晨

向世界发出了声音

特里尔

这是最初的体系,它根植于

世界的土地,在人类

随处可见的命运里

坐标的确立成为象征

土地,命运,人的欢乐与悲苦

关于一个庞大群体的尊严与自由

伏在沉默里,这积蓄的能量

被少年洞见,他对世界说

我不惧坎坷,愿尝遍艰辛

这是我的诺言

终生都不会放弃

特里尔

不会有人怀疑一个少年

在接受引领后对世界的热爱

他的纯净多情的心,以飞的形态

宣誓了未来!这不是他自己的

已经存在的,没有发生的

被时光掩埋的,那种未来

是让所有的人

都能够在阳光下平等参与

对美丽世界的向往与分享

那是一个贯通心智的少年

对人类世界的祝祷

并甘愿为之献身

凝望

回顾与谛听,特里尔

那个预言了远大前程的少年

在两个世纪之前,将足迹

嵌入你的土山坡上,那是一个

不可改变的地方

是出发地,在全部的可能中

我选择其中的一种

我凝望，远隔时间

我看见秋日的花开着

少年们走在你安宁的街道

天空中闪现鸟群

这和谐的，曾经被他祝祷的

人类世界生活的图景

在他的理想中幻化为树木

挺拔的，美丽的，苍翠的

已经具有永恒的性质

在午夜，这一切

将与星空为邻

精神的长河依然

舒展而尊贵

我凝望

特里尔，在我的视角下

是那些低垂的花

是天涯

那是我们一辈又一辈人的接续啊
我们相信,我们
在这样的环境中,将真理
拥入怀里,我们朴素的人生
在燕子的回归里
走进春季

特里尔
那个根在以色列的少年
将底层的人民视为宗教
他的幸福观,他的铿锵的语言
是对你,特里尔,是对他面对的世界
最为可信的表述

就是这样
河流的上游中游下游
依赖地泉和雨,后来就依赖泪滴
特里尔,我是说自然
顺着开明的方向前进
就可以到达胜境

那不就是我们的理想吗

那不就是我们一直追求的目标吗

那不就是我们想留给后人的财富吗

那不就是特里尔少年

在十七岁时对世界的表达吗

那不就是温暖的光所照耀的世界吗

那不就是我们相亲相爱的一生吗

那个少年

他十七岁的理想与信念

没有杂质，也没有任何修饰

他是一个纯粹的孩子

他也会凝视飞着的鸟儿

想一想它飞到何处去

特里尔

你应该知道，这个少年降生于你的怀抱

不是偶然

这是一缕光，融入你的光中

融入世界的光中

融入天宇无尽的光中

在以色列，这缕光

就是感激天赐，是一个少年

对祖地的认同

是根系对水的感恩

后来，这个少年才拥有了

特里尔思想的清晨

这是摩泽尔河畔的奇迹

他的降生地，光荣的城堡与河流

树林，人群，穿越两千年时光的圣殿

羽毛一样惊现的真理向大地飘落

在美丽的光芒里

一只鹰跃下云海

它坚硬的翅膀剪开风

鹰喙光洁，巨翅扶摇

两千年

在特里尔风雨之途，哲人频出

有一种声音始终隐伏

它隐伏于久远的时间里
在含蓄泪光的深处
特里尔，这也是你的期待
你的隐忍的气质不失高贵
你等待，你知道那是一种莅临
圣安东尼教堂，圣玛利亚教堂
君士坦丁大殿，圆形剧场
从地面望去，到教堂尖顶
到白云舞动的天空
都有你期待的眼睛

你的高贵在每一块石头的纹理中
那就是缝隙
飘落的尘埃也在那里
那就是依托，在艰难的过程
那就是休憩

特里尔
对这一切，你的少年了然于胸

他不说，是因为隐伏的声音已经出现

那是平等的关系

有人走远，有人站在窗前

有人到达山谷，听飞瀑和流泉

有人安坐于山前

面对德意志地平线

有人试图遮挡阳光

举着乌黑的双手，有人走入夜晚

否认黑暗

特里尔的少年，将誓言留在清晨

他的眉宇，那凝结着岁月静好的时光

没有边疆

如果非要探寻

比如特里尔的风雨历程

就要正视历史沿革中的演变

比如那个犹太少年

他的十七岁的江山

他的表情，源自哲学和艺术的精神

都凝聚在他的身边

特里尔

他最初的诗意,是寻求献身

这个世界的缘

伟大的爱情,他的懵懂的青春

前置的笃定

在你的土地扎根

触须接着地泉

特里尔

这时间中的时间,凝望中的凝望

这呼唤中的呼唤,感觉中的感觉

这光中的光,火中的火

音律中的音律

这不朽的理想

这个十七岁的少年

他对幸福与自由的定义

充满仁慈,他的学说

建筑在人类社会的发展中

他没有强迫后人相信他预言的真理

他就是真理的孩子

晶莹剔透

我凝望
特里尔,我凝望你的四季
你的恬淡的氛围
在大钟敲响的时候
那个沉思的少年
已经将一生托付给了人世
他的名字,在两个世纪后
被许许多多人深深铭记
他说:我没有敌人
我只有血脉,朝向太阳
我的一切都在照耀中
哪怕突降暴雨
也不会失去掌心的温暖

他紧握着的
恰是我们在漫长的时间中
不会放弃的理由,那就是真理
那是活了一生,要将探寻留给世界

那是特里尔的清晨和夜晚
是典籍中的记载
二百年
一瞬间
光灿烂

特里尔
你的安宁告诉我们
世界是一个家庭，人类
在这颗美丽的星球上，像种子一样
像水一样；在这样的认知里
我们回望你的少年
他的眼睛，眉宇，宽阔的额头
他通过语言选择的道路
沿途有荆棘，也有玫瑰

就连海洋都有悲伤
可是，海浪万里奔赴，抵达岸
轰鸣，浪花绽放于岩石
在潮湿的海滩上

我们能够看见海的背影
到来了！离去了！过程有了
特里尔，你，德意志古老的小城
养育了一个精灵
在后来的岁月中
他投身另一种汪洋
最终凝为精神的灯塔

特里尔
我知道，我不能复原那个清晨
那个天才少年，在凝望平原时
以怎样的心语描述塔顶
这时光之河！充满启示的汇聚
伸向清晨的手没有惊飞鸟群

我只能阅读
通过典籍，通过无所不在的风
借力贴近你，你的呼吸，你的
安静舒展的美丽
从某个细节开始

我的阅读脱离语言和文字
我能够感觉到触摸,这让我
想到锦缎,细密的纹理
在每一寸移动中
都有复活,闭上双眼
我都能看见迷醉的光辉

我阅读
我笃信时光中存在缝隙
从那里逸出的,深入的
可以感知的微微浮动
是人类挚爱之源。特里尔
这样的方式无须选择
就如听到呼唤就有人转头凝望
就如感叹,这多情的山河
土地与森林,抵达高处的人
被形容为引领者,为理想早去的人
被尊为先驱

总会有个起始

特里尔，一波浪涌推动一波浪涌
一寸土地拥着一寸土地
云也是这样，我阅读
那个少年最初洞见的
人类的慈悲与爱
在无限广大的隐忍里
他在很多平静的目光中发现了火
如果这些目光投向一个地方
就会形成光焰

而人类的语词
这个精美的体系，血脉驱动的
不同的河流，都有各自的故乡
唱诵，倾诉，信札与史诗
从竹简帛书到石碑
人类在墓志铭上留下怀念
也有自勉。特里尔
从巍峨的教堂到宫殿
到乡间的民居，人类的语词
集合了爱，思想

集合了舍己的力量和品质

你的少年透过晨雾远眺世界

他的形象,已经接近于

一位不惧惊涛骇浪的船长

在这个世界

谁远离年轻的诗情,谁就不再感动

特里尔,关于坚定与柔软

是他精神的基石安卧于你的土

他将目光投向人类

他所发出的最初的声音

指向人的悲苦和幸福

他更像一棵年轻的树木

直面冷雨或风寒

在如此的抉择中

他开始战斗

两个世纪

特里尔,你成为一场巨大风暴的中心

我能形容的真实,也就是

被我一再贴近的极致

在散落的语言里成为富有弹性的时间

是需要呼应

感觉有了,奇迹也就有了

是需要承认,在有力的搏击中

散落的语言会重新聚合

在水面,在灯光下,在人间

感觉莅临,就会迎接莅临

相融,树木与水

水与光辉,光辉与山峦

山峦与注视;特里尔

在这相融的过程中

黎明到了!你的少年初展羽翼

他赢得了阳光般金色的荣誉

卡尔·马克思

....

第 二 章

在河流之间

在河流之间

生长着人类葱茏蓬勃的爱情

特里尔,波恩,柏林

摩泽尔河,莱茵河,施普雷河

十八岁,你远行的路[1]

没有脱离青春的疆域

你在莱茵河畔回望特里尔

你的天使之城在另一条河边

我们相信天赐

我们相信在年轻的心海里

---

1 1835 年 10 月,十八岁的马克思抵达波恩就读大学。

有逐年增高的岛屿，它本身

就是一处风景，它会在特定的时刻

对另一个人敞开，那是年轻的心

对爱情的尊重与遥念

在波恩，夜晚星辰闪烁

他执念一颗，在摩泽尔河边

她是最美的花朵

燕妮

这个名字象征美丽的德意志

世纪更替，高贵典雅的气息仍在近空

即使在诗歌中

我们也不能将他们分开

我们相信年轻的奔赴

就如相信行走的火焰

永远也不会灼伤相爱的对方

我们相信你，你在莱茵河畔

对往昔细节的梳理

就是重归诞生，那种确认

一再激励年轻的心

以最真的激情

去实现一个天定

我在河流之间阅读从前

我遵从一个心愿,此刻

我在淮河之滨向年轻的追寻和爱情致敬

向一个伟大的人

向一个美丽的人

呈上诗歌干净的语言

在河流之间

她接受了!以她的聪慧

接受了一个年轻的哲人,也是诗人

那是阳光灿烂的一天

他重返特里尔,他对最心爱的姑娘

表露了神灵知晓的心迹

在他一生不凡的体系中

这一天获得的支撑如此重要

当那一刻来临,当年轻的心

这样告诉天地——

"爱情是铭心刻骨的思念

而痛苦只是转瞬即逝的云烟。"[1]

这是出现在河流之间的语言

是一座精神建筑最初的基石

它决定了,为美与爱献身

是一项不朽的事业

它向外伸展,形态朗然

从刚刚开始,它就有诞生的性质

从爱开始,到人类的命运

到时间的彼岸

一切都在改变

十八岁

因为挚爱一个女子

他关注世界与人类

因为爱,他将她视为世界的中心

而她,出身望族的人

以美丽和忠贞守着精神的领地

---

[1] 青年马克思写给燕妮·威斯特华伦的诗句。

她没有动摇,他也没有动摇
直到晚年,他牵着她的手
他们相偕踱步,在世界巨大的沉默中
他们彼此意会
笑容依然年轻

这如童话般美好的爱情
使特里尔变得浪漫,她恒久的魅力
因为天使与哲人的结合而举世闻名
直到今天,世人仍会折服于她的美丽
她百合般高洁的品格清露未失
她是人类一再赞美的人
一个完美的人
她重新塑造了他,她改变了
一个年轻智者的心
他承认,她是他的女神
他们
在那个时代冲破藩篱
在收获最美的爱情之后
他出发了,从幸福之地出发

伴着他走向思想峰峦的

是"特里尔最美丽的姑娘"[1]

这个时候,他心怀感激和笃定

开始迎风前行

我们都在河流之间

是需要一个角度,听河水流淌

或站在近处,面对天光

需要一些例证,一定是我们熟悉的

久已直面的人生,一定与答案相关

怀着崇敬潜心阅读那个年代的理想

他与她,在摩泽尔河边

有过什么样的约定

总说当一切走远

一切,果真走远了吗?他与她

他们干净而纯粹的爱情

在特里尔雨后形成岚

可以想见那种飘舞

如果你说那是灵魂

1　马克思语。

你就会听到他们歌吟

需要一个契机

在时间的某个节点上

用唇语表达致意,对美丽之树

献上拥抱和亲吻,可以说这是仪式

可以分享他们的喜讯

可以通过指纹说:这就是热爱

可以谛听——

"一个美丽的形象

在闪闪发亮,放射光芒。"[1]

需要让心静下来

看一看窗外,绿树或天宇

在这个世界,是什么人

以什么方式拒绝阴霾

秋夜,我能感觉的淮河就在近旁

我能感觉的昔日

属于他们的浓烈之爱

至今成长于特里尔

在摩泽尔河畔,他们的爱

---

[1] 引自马克思的诗歌《魔女》。

成为绿荫,有人走在石板路上
有人在月光中提起他们的名字

燕妮
这个深爱智者的人
在火热的情书中渴望与他一道
眺望亲切谷地的人
用语言切割分离的时间
她向往自然中的风景
她所给予他的激励
融汇于他激情四射的诗歌中
他的带有结论性的语境
已经无视俗世尘埃
在向上的旅途,他们的心在一起
他们是特里尔杰出的儿女
爱情是他们最美的圣经

爱
爱情,这最古老的词语
可以改变人的一生,在这样的过程里

他们正视低处的阴冷与高处的澄明

他没有说使命

他首先选择了诗歌

然后选择了哲学

海涅，黑格尔，这星子般闪耀的名字

令他着迷！因为分离

他与挚爱的姑娘，在河流之间

倾听人类智慧之语

在他们的时代，有一些巨臂

已经开启了启蒙之门

他进入了，从柏林

到施特拉劳[1]

他年轻的心，产生了

越来越多的疑问

在施普雷河右岸

年轻的散步者开始以崇敬的目光

仰视精神峰峦

而燕妮，他美丽绝伦的恋人

在特里尔摩泽尔河边

---

[1] 施特拉劳，德国柏林郊外渔村，地处施普雷河右岸。

深情描述他的背影

这不同的精神支撑

让他，未来杰出的先哲

感受到日月之光的照耀

他由此深入了一个境地

在这颗星球上

只有河流与海洋

才能背负起人类的岁月

人类所有的祈愿，欢乐与悲苦

都会在水中沉淀，一切都会变得洁净

他是河之子，从特里尔开始

到施特拉劳，他的思绪

贴附于自然之河，他感觉飞升

河面上的光就会闪现

水鸟就会出现

他亲爱的姑娘

就会走在河边

施特拉劳

上升之地！在渔民的节日

有人歌唱舞蹈，这是久远的传统

在阳光辉映的水面渔船穿梭

他接近，他接受，他停留

他进入一个体系，在精密的逻辑中

他辨析近义词，有关假定与虚妄

精神与臆造，水与光

他没有在这个体系中迷失

在施特拉劳，他仿佛

走在一些缝隙里

他需要从中突围

后来，在突破那个体系后

他富有创造的精神

回到自然的河流之间

这个时候，他真切听到了

天地与恋人的呼唤

在那一刻

他年轻的心充盈着感动

恋人！我们多么热爱这个世界

我爱你！从第一句诺言开始

从第一个吻开始生死相依

我爱世界！从第一次远眺开始

爱她的色彩和起伏

我爱人类！我在施普雷河畔

亲近了安宁，我要为他们

找到并献上不朽的真理

施特拉劳

他一生理想远足的初始之地

施普雷河畔的黎明

源自他精神的鹰翅历经磨砺

哲学，艺术，不时闪现在诗歌中的道路

还有等在摩泽尔河边的爱情

这些推动，如细雨浸润

一道大幕开启，人类远大的世界

铺展开来，站在哲学的高度

他所深爱的艺术

飞在仁慈的思想中

1837 年

面对人类思想之门
他不仅发出了叩问
也做出了选择,他的年轻激荡的心
悄然攀上高高的山脊
人类!我依稀听到他的心语
我要在你们眼前竖立起一面新的旗帜
我要在上面写下公平,自由与爱
最终,我希望你们主宰自己
获得幸福与安宁

在这一年
在另一片大陆
俄国诗人普希金与世长辞
此前五年,他所敬爱的诗人歌德
离开了人世。他的思想
在这样一个伟大的过程中
接受珍贵的洗礼,美丽的施普雷河
成为奔流的见证

在河流之间

他敬爱自己的父亲
这个给了他生命的人
在后来的岁月里被他看成一个群体
这个象征集合了爱,劳动,怀念
他对父亲的哀思,体现在
很多细节中,他很少流露
正是因为这个群体
他无比坚定地确立了自己人生的信念
"为人类服务"

他的人格在河流之间形成
为人类服务!活在河流之间的人类
在许久之后才读懂他的体系
那建立在人类大爱中的思想
他深邃的目光
镌刻在时间的丰碑上

卡尔·马克思

第 三 章

为贫苦者书

这是艰难的一步
当你确信选择了真理
你就将目光投向广大的人民
在摩泽尔河沿岸，你用心
关注他们的诉求和疾苦
你希望在他们那里
听到最真实的答案
你的实践，使思考与理想
获得了灵动的翅羽
你不惧冷雨
迎风搏击

你是向着黑暗与丑恶开战的
你的辩词中有四个沉重的大字
——人民贫苦
你没有犹豫，你在瞬间
就将箭矢指向陈腐的制度
你的身边站着天使，燕妮
你的爱人，她选择与你彼此守护

爱，是激流推动着激流
哪怕没有舟楫，也会并肩共渡
你赢得了！她的美丽和高贵
在漫长的岁月中毫无褪色
她是花朵中的花朵，即使在今天
她也是色彩变幻的隐喻

在人民中间
你是森林里最醒目的树木
我选择这个意象，选择这个夜晚
意图复原你年轻的身躯和面容
我是选择了一种方式

对你，对神秘的特里尔
对你和你的爱人
对你们纯粹高洁的爱情
对你年轻时代树立的信念
表达虔诚的敬意

以贫苦人民为根基
你对思想的阐述毫无修饰
你这样告诉世界：人民的贫穷
也有一个源头，那里更隐秘
那里存在比隐秘更深的交易
而人民，这辛苦劳作的群体
才是辽阔大地的主人

这真是一个奇迹
在你为贫苦人民疾呼的年代
古老中国正处在封建王朝
笼罩着暗夜。不能不说
你在摩泽尔河沿岸发出的声音
已经预言了东方世界的巨变

在那个年代

你已经迷上了莎士比亚和歌德

你已经无视桎梏,敢于用滚烫的语言

给心爱的姑娘献上情诗

你已经洞悉产生贫穷苦难的缘由

为此,你不是尝试改变

你直接选择了战斗!如果世界

是一口沉寂的大钟

你就是撞响钟体的人

必须强调这个背景

一个改变了世界的人

他具有钢的性格,铁的韧性,水的柔情

人民,贫苦,平等

他一生所愿就是求索初衷

他一生疾呼:要看到人民的贫苦

要像鹰一样敢于冲破乌云

要走向革命!这就是结论

为贫苦者书

首先直面贫苦

看清在这个庞大群体的后面

存在什么形态的盘剥,那隐藏着的

在卵石般光滑的表象里

在曼妙的舞曲中,在虚伪的笑容下

在帷幕和纱帘内

被重叠谎言遮蔽的

浮华与傲慢蚕食人类世界的肌体

他的思考与发现充满了痛

他以笔为剑,刺向腐朽的一隅

在这个时期的中国

那个叫道光的皇帝恐惧光

在接近窒息的贫困的东方

他坐在龙椅上接受朝拜

那么多人都跪着

口呼万岁万岁万万岁

这一年,你二十四岁

这一年，英国人查尔斯·狄更斯
出版了小说《圣诞颂歌》
道光王朝和英国人签订了《虎门条约》
洪秀全创立了拜上帝会
中国广州开埠，厦门开埠，上海开埠
爱德华·格里格降生于挪威
这就是立体的世界
存在多面性问题的世界
这一年，在整个世界
只有你在为贫苦者书

谁能否认这不是萌芽
在锈迹斑斑的人类生活中
谁能否认这不是一缕清风
谁能否认你仁慈天才的感知
对贫困的心灵
谁能否认你的悲悯与尊重

这一年
你源自智慧的抗争影响了德意志

从柏林到巴门，到杜塞尔多夫
到维塞尔，特里尔
心灵的聚集让你发现另一种海洋
那真实的，奔涌而来的
被理想和心愿驱动的力量
那醒来的，贫苦者的生命
在你的笔下，风起云涌

你由此成为那个年代精神的引领者
险滩密布，你没有离开河流
为贫苦者书，为他们辩护
你的河流就是劳苦大众
你的才华和人格
在每一个文字里彰显
那是你认定的真理和道路
它闪烁，它通向未来
它是你，一个为贫苦者书的人
在暗夜推举的光
我们可以再现的
不是对往昔的追记

那是敬仰，就如面对肃穆的碑文

这就是天道
阳光漫过漆黑的山脊，照耀大地
这就是慈悲，为贫苦者书
你的每一个文字
在酷暑有阴凉
在寒夜有暖意
被时光滤洗，还是珍珠

需要用最好的心境摒弃偏见
在夜晚阅读你的文字
那种睿智，你的勤奋的双手
曾经长久地呼应心灵

难道那不是图腾吗
如果拆掉栅栏就是原野
为什么不能行动？如果
泥土的魂需要人类的双臂
为什么不能自由挥动？如果

一种信念能够创造幸福

为什么不能信奉一生?

二十四岁

你的思考已经形成葱茏的山脉

这可视的巍峨,具有永恒性质的蜿蜒

透过文字,我感觉你的气息

那蓬勃而茂盛的年华

特里尔,摩泽尔河,燕妮

被你热爱的一切

如今进入典籍,一切都活着

风活着,森林就会摇动

有时候

我会将你的思想形容为自由的鸟群

它们拥有天宇,也属于大地

二十四岁,你为贫苦者书

你的爱人,那位美丽典雅的女子

始终陪伴着你,她的形象

总会让我联想摩泽尔河

她是特里尔水做的女子

她是最美的化身

在你的思想里

她是最美的羽翼

在江山的框架里

居住着人类，那些贫苦者

是这结构中最重要的部分

没有他们，再美的风景都显得空寂

他们是绵延不绝的繁衍啊

是耕种，是做工，是川流不息的

实实在在的生活，是人间的上帝

他们在你的笔下，在文字里

在你激昂的语言里获得了尊严

他们是树，衣着一尘不染的人

不能掠夺树上的果实

你这样对世界说

劳动的慈悲不可亵渎

慈悲是活水，是血脉

是接续不断的选择

是有序，正如从春季到冬季
星火不熄

总会留下鲜明的起点
特里尔就是，那个宁静的小城
它所给予你的，是对起点的抉择
是你的燕妮，在最关键的时候
对你伸出了双臂

爱的力量推动上升
在你翱翔的思想天宇
日月交替，星夜静谧
大地上的人类不忘怀想
岩石上刻着奔马，马鞍上嵌着宝石
少年的梦中开始落雨

你为贫苦者书
你的文字和语言指向同一条路
它通往纵深，沿途都是人的身影
是那些听到你呼唤的人

他们集合,他们出发

他们温和的方式就如你的表情

相信真理就是这样

相信每前进一步

后面都有跟随

这就接近河流的呈现了

源头,上游中游下游

还有所有的支流

都会润泽人心和理想

遍地苍茫,贫苦中的人们

奔走在你所指的方向

这是十九世纪的理想

在哲学和艺术交汇的大河上

理想形成岛屿,被世界瞩望

你曾经的同道,诗人,伟大的海涅

在他的《德国,一个冬天的童话》中

如此描述贫苦者的心声——

她歌唱着爱,和爱中的恨,

歌唱着牺牲

歌唱着那天上的

更好的世界里的重逢

说那儿没有愁恨

她歌唱着地上的眼泪

歌唱着那一瞬即逝的狂欢

歌唱那被华光照耀着的灵魂

他们是沉醉在永远的欢悦中，在彼岸

她歌唱的是古时绝望的曲调

是在民众痛苦哀泣的时候

能将他们送入昏睡中的

那天上的催眠曲调

被你所预言的这个世界

在后来的巨变中一再证明你的理想

根植于贫苦民众的土壤

你为他们书，你敬畏的

你依靠的，你信任的

那生生不息的庞大的群体

成为你坚定的守护

你也是阅读者

你阅读德意志,站在特里尔

你阅读世界,你阅读所有平凡的心灵

你肯定他们的劳作,智慧与力量

你阅读典籍,从中寻觅

通向尊严与公平的道路

你阅读黑暗,那时而涌来

时而消散隐藏的阴霾

那沉重的笼罩

使贫苦的民众多么恐惧

在这样的背景下

你决定到远方去!远方

这个概念就是离别故乡

你是带着理想上路的

你始终记得和谐地融合人民的精神

你尊重理想的血液

这一滴一滴鲜红

一定会催生出新的果实

在岁月的枝头，停留的阳光

与风对语，说一种诞生

会留下什么样的奇迹和记忆

你也带着爱人，燕妮

你最近最亲的同行者

你是她苦苦捍卫的选择——

这是我最心爱的东西

愿它永不泯灭……

我的所有心事，所有的想法和念头

一切一切，过去、现在、将来

只归结为一个声音

一个象征，一个语调

如果它响起来，那么它只能是

我爱你！[1]

你为贫苦者书

她凝视你，追随你，爱你

---

[1] 1841年9月13日，燕妮致马克思的信，《马克思恩格斯全集》，第47卷，中国社会科学出版社，2018年，第593、595、596页。

你们是莱茵河沿岸最迷人的风景
1843 年 6 月 19 日,爱情花开
你成为新郎,她成为新娘
这是值得铭记的日子
属于你们的爱
与莱茵河同在

她要随你到远方去
她相信,她跟随着爱与真理
你,智慧而坚定的人
在这一天接受天地之赐
你们接受了祝福,在理想的高处
你接受了责任,被你描述为财富的
贫苦者的生命和双手
渴望握住命运和自由

你说那才是永恒的源流
在这个世界,他们才是真正的主人
他们创造了智慧
他们存在,如无所不在的树木

让一个个村庄城镇繁盛起来
他们是一面面移动或静止的旗帜
迎接风雨,迎接必须热爱的生活
从一开始,他们就是你理想的支点
是你决意为之献身一生的理由

你和你的爱人要到远方去
这必然之旅,在两片身影飘移的德意志
完成了一个仪式

从此
你就属于世界了,在更高更远的位置
你对贫苦者的理解更加深入
这个时候,你的血脉里流淌着
金子般的信念:永不动摇了
永不背弃最初的誓约
就如你和燕妮的爱情
永不分离

在他们后面

普鲁士城堡一样的现实

仿佛在铁窗内

他们走出来,他将准确的预言留在那里

他和燕妮到达巴黎

这是真理形成的过程,是一个

深切关怀人类命运的人

拓展真理的疆域

当他回望普鲁士,他发现

贫苦的民众也在对他张望

他在巴黎夜晚的灯光下反复书写

人民精神!人民精神

巴黎

海一样宽广的都城接纳了年轻的智者

在那里,你贴近先哲

是深秋,圣日尔曼郊区整洁安宁

你与先哲对话

在浩繁的典籍中,你一再

寻找某种根源,你书写

你也谛听漫长岁月的流逝

有新的奇异停在窗前
你披衣而立，面对法兰西清冷的秋夜
你的脑际跳出这样的语词
——人类解放

从为贫苦者书到人类解放
你的思想改变了飞翔的形态
那是更为辽远的地理空间
之间隔着大洋，你飞越
你发现了更大的残缺
你观察人类患病的肌体
开始寻找治愈的方式

巴黎
你的第二个诞生地，与特里尔不同
你和你的妻子
在这里听到新的声音
如颂歌，如雁鸣
如婴儿令人感动的哭声

要让更多的人过上富有尊严的生活
要让每一个人都绽放出美丽的微笑
要让最美的诗歌浸润每一寸土地
要让一个新的世界在歌唱中降临
要让人类摆脱压迫
要完成这个理想
就需要对世界启蒙

你想到揭示，逆水而行的船舶
孤单的鸟飞过天宇
你想到自由幸福的人类
在自由幸福的土地上成为主人
你想到苏醒，怎样使信念
穿越凛冽的寒风

为贫苦者书
从摩泽尔河到塞纳河
你自我冶炼的过程没有文字记载
开始，你是孤独的
当你想到人类，想到人类

才是伟大不朽的群体

你的精神就变得充盈

你的爱情,被世人

称为典范的结合

如此长久地令我们感动

你是思想者

你能感觉的人类世界就如南北两极

在你的时代,在巴黎

被你感知到,人类的火焰

在高高的雪山上燃烧

你直面严寒,在法兰西之冬

你充满诗意的想象

已经拥有了遥远的边疆

你注视

在疑问丛生的世界里

你首先问询贫苦者的心灵

如何改变这不公的现实?如何

通过高举的双手表达诉求

人类的精神

人类的解放

如何冲破寒夜

抵达黎明

你寄希望于贫苦大众

你呼唤他们醒来！你和你的爱人

已经感觉到云海翻涌

大地上出现了人群

有一些人举起了旗帜，有人开始歌唱

你相信，你所追求的真理

只有通过贫苦者

才能够得到确认

在巴黎，在午夜

你将人类仰望为壮美的星群

卡尔·马克思

第 四 章

庄严奠基

有一种抉择出现在寻找之后
一问，再问，三问
奔跑的火焰到达雪顶，与冰相融
你到达巴黎，在思想之都
你辨析火，舞蹈的灵魂
在夜里醒来，那时
除了黑暗，还有银色的月光和星光
还有手，指尖以上的温度
一问为什么不能容忍
二问为什么不能发出真实的声音
三问广大世界，贫苦的人民

为什么不能发出质询

你在巴黎成为父亲[1]
那是五月,在你关爱的人类中
又添一个新的女婴
这里是你的福地,你的思考
在人和人之间的距离
形如牵着双方的手臂

男人,父亲,甘愿举着心灵火炬
照耀贫苦者的人
同时成为《德国,一个冬天的童话》
幕后的人,在那些诗句中
那将真实复活,其中的温暖和寒冷
是存在于德意志的真相
你由此思考人类,人类的关系
在人类不同的语言里
应该互通自由和公正

你的小燕妮

---

[1] 1844年5月1日,马克思的夫人燕妮在巴黎生下第一个女儿,取名燕妮,与母亲同名。

那个出生在五月的女孩

曾经被海涅怀抱和注视

海涅，描述德意志冬天童话的人

怀抱你的长女，她的降生地法兰西

聚集了很多思想者

在揭开帷幕就是真相的巴黎

你是清流，你出现在特定的时间里

背负着特殊的使命

小燕妮

天赐的遣使在你身边

她看着你奠基，在巴黎五月的郊外

她小小的微笑就是祝祷

为那些贫苦者，她小小的梦想

就是素洁的花束

你的妻子

那最美的新娘已经成为母亲

她精心哺育你们的女儿

你们的未来，因新婴的哭声

变得实在和神圣

小燕妮,她象征新一代人类
已经出现在世界的土地
你为此奠基,你的思想
在孩子们中间,这如微风相伴
如泪光闪闪,如无声而语企望平安

奠基
你的思想的屋宇摒弃华丽
它建筑在对贫苦者的尊重上
是这样的土壤培育了永恒之花
是你的小燕妮,让你想到人类的未来
应该变得更好
友爱,相携,信任
在同一片蓝天下享受自由

你的思想深入劳动内部
少数人与多数人,攫取与奉献
掠夺者,他们以制度的名义
盘剥劳动者,以主人的傲慢
掌控精神与肉体的枷锁

奠基，你再一次开始呼唤
人类的精神必须得到解放
那也是脉动，必须赢得
自如宽广的流程

巴黎
艺术与哲学的都城，一切存在的
隐藏的，被色彩和音符呈现的
张扬的，被压制的
诗歌，建筑，歌剧，雕塑
被颂扬的，被诅咒的
都在云空下，有一种伟大的复兴
在巴黎萌芽，它是新的
刚刚蜕变的，是光一样的感觉
向着世界飞升
在奠基那天，巴黎先贤祠呈现肃穆
天地之间一派庄严

你
建筑思想屋宇的人，也打磨了钥匙

你将一把锈迹斑斑的铁锁打开

你将厚重的门推开

入夜,你奋笔疾书

你开启一个纪年

你书写一个纪年

你在人类珍贵的生存史上

记下生存的真相

它属于你的时代

属于后来继承你精神的人

属于巴黎,那个五月

你独自奠基的早晨

这是我们必须珍重的史实

在树叶和青草的细节里

我们,后来的人们

成长在一个理想中

我们熟悉乡音,故园的泥土

还有路和祖屋

我们记得某一时刻的激励

在一首熟悉的歌曲里

我们的记忆就会回到原初

那是给了我们难忘时间的生活

那是拥有父母的日子

我们熟悉他们的手语

每当风雨临近，我们就会想念

所有珍贵的，美丽的

生长着的，大地，河流，星空

还有后来降生的新婴

都会接受理想之光的庇佑

我们敬重你的思辨

在所有的可能中，你抉择一种

你奠基，誓为贫苦者书

你用充满哲理的语言建筑码头

不是一个，在生活的沿岸都有渡口

你让贫苦者上岸

获得人的尊严

而你

始终是在湍流中搏击的

直到晚年，你独特的须髯

依然在风中飘动

这是我们深刻的记忆
你的额头,你的双眼
你凝视远方的神态
你慈祥和蔼的感觉
这祖父般牢固的记忆一直伴随着我们
不会褪色
也不会改变

1844 年
在法兰西,在精神不朽的基石旁
你奉献了同样不朽的手稿[1]
那一刻,巴黎先贤祠落雨
曾经被辍止的,人类精神的工程
在那一刻宣告复建
这绝非"一道伟大的雕塑"[2]
这是由心与心相连的
一部辉煌的史诗
最初的执笔者
是你

---

1 指马克思的《1844 年经济学哲学手稿》。
2 指巴黎凯旋门,系拿破仑语。

新的歌,更好的歌,
啊!朋友,让我替你们制作——
我们要在地上
建筑起天国。[1]

是这样
这是另一个犹太人海涅
在德意志歌唱

你们的友谊
建立在同一块基石旁
那个时代,仿佛微笑着的
欧洲的山海原野,在这歌声中倾听
你的手稿,这浸透着你心灵之血的灵魂
在空间发出群鸟腾飞的声音
该苏醒的,正在苏醒
该到来的,正在到来
该离去的,终将离去

就是这样

---

[1] 引自海因里希·海涅诗歌《德国,一个冬天的童话》。

心灵的奠基没有仪式

纪念与怀想也不一定需要颂词

想象非常接近梦,这是飞

在自然的视野中

我看见一个美丽的女婴

已经成长为少女

她一手牵着一个妹妹

奠基者,她们是你的女儿

是三个天使来到人间

她们和她们的母亲

陪伴着你,爱着你

她们,是成长在精神巨塔下的女孩

她们守望着基石

这是奇异和奇迹

我看见一艘巨轮

它已经靠近港口了,那里有很多人

是黎明时分,海面安宁,有海鸥低飞

我看见辽远的大地被金光覆盖

那里绿树掩映,建筑美丽,河流清纯

我的想象回到你奠基的地方

那一刻,塞纳河沿岸

也有歌唱的鸟群

这是开始的地方

轻触基石,有一些微凉,但未失润泽

这是光!我告诉自己

这是永恒的灵魂

你奠基

你在那一天创造了一个雨日

细密的雨丝缝合残破

那是世界和人类的裂痕

也是贫苦者的伤痛

谁也不能否定那种开始

从摩泽尔河畔走来的少年

沉思于塞纳河畔的青年

我不说你的中年,这个时期

你属于欧洲,你在那里奔走

我会在后面的叙述中

说你的老年,那时

你已经属于世界了

除了润泽

我对基石的感觉无比丰富

经过思想梳理的年代

总会留下鲜明的印痕

你奠基,由那里向外辐射

一种声音,一句词语,一个手势

最终形成风一样的信仰

你在核心,你活在神圣的预言里

你活在伟大的事业里

你活在自己的手稿里

活在爱里

你奠基

实际上不见基石

你最亲的人,你最爱的人,你最信的人

也看不见基石

我所感觉的润泽是岁月之碑

上面也没有文字

那是精神的建筑——
你信仰,它就存在
你仰望,它就飘动
你闭目,它就流淌
你怀想,它就发光

你抚摸
就会确认那种润泽
它在时光的背影里是树木
它在群山的背影里是河流
它在雨空的背影里是闪电
在黎明的背影里
它是红

1844 年
在你的背影里
德国西里西亚纺织工人起义
你的挚友海因里希·海涅
奋笔写就《西里西亚织工之歌》
这一年,你的哲学还没有传到东方

在那里，男人们依旧拖着辫子
以鸦片命名的战争还没有结束
清朝还是清朝，道光还是道光
在美洲，摩尔斯的第一封电报
在四月的一个明媚的日子里发出了
这是一个事件，也是奇迹
一切都在预示
你的思想之光
已经无法阻挡

是需要重塑
在永不尘封的时间里
重塑那一天，你是小燕妮的父亲了
是需要重塑你的巴黎和塞纳河
就从那一天开始
世界就改变了
你的女儿，她的到来
使你赢得了另一种爱
后来，在人类世界
你就成了无数人精神的父亲

是需要描述那庄严的一天
基石，仿佛呈现出珊瑚的纹理
历经打磨的思想在空中生出羽翼
我能想象的形态，除了扶摇
还有迅疾而飞；我幻听雷鸣
在你的眉宇间
我看到了天空

是该用心阅读你的手稿
在字里行间，一定会发现奇异
我相信你年轻时代的心灵
所感知到的疼痛
来源于贫苦受难的一群
你是他们最杰出的引领者
他们苦，你就苦
他们痛，你就痛
你的思想是萌生于荆棘中的青草
你的爱人，你的女儿
还有无数普通的劳苦大众
是被你珍重拥抱的花束

是需要凝望

比如你的背影

你曾直面的黑暗与光明

相隔两个世纪

给了你生命的特里尔

给了你思念的波恩

给了你厚重思想的柏林和巴黎

给了你女儿的那个美好的五月

所有这一切，因为你的奠基

在今天依然辉光熠熠

需要凝望你的世纪

你的眼神，那穿透阴霾的深邃

你以强大的内心忍受孤独

你向未知的精神领域出征

在最初的时候，你孤军奋战

在不见硝烟的战场上

你高扬语言之旗

需要在信仰的层面认识奠基

那不仅是德意志的智慧

那也是法兰西的智慧

人类进步的智慧体现在你的行动中

你反复强调人民的精神

需要在寻求解放的途中获得释放

在升华之后，回归于内心

在神和广大民众之间

你毫无迟疑地选了后者

你认定，在他们身上

体现着坚强的父性

与柔软的母性

需要对你一读再读

不仅读你的文字

更要读你的灵魂

世界，因你的原因而改变了

时光流逝了二百年

你的灵魂没有远离摩泽尔河流域

就在那里，依稀可见你的身影

燕妮的身影，你的女儿的身影

你们又一次团聚

在你庄严奠基的地方

也有海因里希·海涅的身影

需要承认,我们获得了什么

我们丢弃了什么

我们铭记了什么

我们遗忘了什么

需要复活一些语言

尘封之翼已经不在近空

它就在我们的世界里

在我们的生活中,它近在咫尺

就如往昔的注视

那是一个哲人的双眼和血脉

至今没有凝滞

在伟岸的精神峰峦下

是需要保持谛听,仰望和谦卑

需要像他一样,理解劳作和苦楚

在每个人的人生

都应该有精神的基石
这是一种确立
是守望相助
彼此祝福人类的道路

需要读懂那个五月的早晨
他对世界说了一些话
在巴黎，雨季送走寒冷
他确立了，他终生所寻
就在民众那里，他们
才是广阔大地的主人
他们是流动的史书
需要虔诚阅读

奠基
世界上贫苦的人民
从此有了精神的圣地
这不需要朝觐，需要行动
在所有的可能中，公平与正义
是其中的两种

这非常贴近河流的两岸
或原野上彼此相望的树木

在人类世界
任何形象的比喻都不可能超越现实
任何形态的流动都不可能超越思想
任何形式的飞翔都不可能超越梦乡
任何形状的东西都不可能超越星光
那一天
在精神的基石旁
他听天地之语，他听人类
在海一样的沉浮里
他确信，只有劳苦大众
才是最坚实的土地
我渴望描述那个早晨
一种远大理想的诞生，依赖光
在缜密的逻辑中
他已经找到了通向真理的路径
他需要向上行走，朝下观望
在这样的过程里
真理的婴孩会渐渐长大
目光遥望天涯

卡尔·马克思

第 五 章

被放逐者

在我留在这里的所有的人中间，

和海涅离别使我最为难过，

我恨不得把你也装在我的行李里带走。[1]

海因里希·海涅

陪伴你一同奠基的人，在对你挥手

你向北而去

你给巴黎留下了永恒的印记

永恒的心

在苍茫的大海上追寻最亮的星子

---

[1] 1845年，马克思被法国政府从巴黎驱逐出境。在他匆匆动身赴比利时的时候，给海因里希·海涅的告别信。

你是铭记一个方向的
你将精神的手稿给了巴黎
你给了那些贫苦者
从巴黎向欧洲扩散的月光没有破碎
那是你的语言
在夜里形成光辉的叶片

你带着妻子女儿
一路向北,来到七星之下[1]
你引着光辉前行
你把最深的友情给了海涅
把最轻的笑容给了背影
把最重的前路给了凝视
把最真的感激给了爱情

你把预言给了时间
时间沉淀,净水中的明月
就挂在山巅

你把一生的理想给了贫苦者

---

[1] 1845年1月,马克思一家抵达比利时。

他们怀念，在每年五月劳动的节日
1886年，在芝加哥
你的理想终成果实
就连地平线
都缄默无言

你被放逐了
那些手握权柄的人在阴暗处冷笑
你在微笑
任风雨飘摇
你的理想
没有失去理想的怀抱
摩泽尔河沿岸的人民
也没有忘却你的歌谣

放逐
是放逐者恐惧，放逐了他们自己
你是怀着满满的自信走向比利时的
在法兰西北方
群星闪耀，人类思想的光芒

不会被任何遮挡

那是伟大的力量

放逐

因真理的存在,被放逐者

走向法兰西北方,那也是闪光的地方

星辰有序,星子移动

不会失去光明

你将另一种光明留在巴黎

那是庄严基石外延的象征

它闪耀,光芒之翼穿越阴沉的欧洲

它在空中形成的旋律

幻化为雨,阳光与星光

在洒向大地后,浸润青草

与贫苦者的心灵

它是在必然的时刻出现的

是必然的影响和改变

它是寓言,也是预言

《德法年鉴》[1]

你倾注了信仰之血的诗篇

在黑暗中成为火把

你是第一个擎起火把的人

你敏感的心感觉大地

那万年不变的魂灵

你叩开一扇巨门

问候贫苦的人

在你思想的日子里

你还赢得了不朽的友谊

你与另一个伟大的智者

合作完成了《神圣家族》[2]

1845年,巴黎上空飞过新的雁阵

神圣的交响久久萦回

你向北方走去

你告诉年幼的女儿,在我们身后

就是南方,那里很远

前面是北方,那也很远

---

[1] 《德法年鉴》是德国"第一个社会主义的刊物"。1844年2月底只在巴黎用德文出版了1—23期合刊号,主编是马克思和阿·卢格。
[2] 《神圣家族》是马克思、恩格斯第一次合写的著作,1845年2月在法兰克福出版单行本。

你在表达一种观念，在这个世界

存在不是真相，真相

一定会在表象的后面

这是诗意的旅行

被放逐者，你在风雨旅程

贴近贫苦者，你倾听他们渴求的心语

以怎样的方式问询大地

你相信真理

不会因放逐迷途，你已经感觉到

无比真实的降临，在德意志

在法兰西，在欧洲

广大的贫苦者开始行动

他们在寒冷中敢于说寒冷

他们在不公中敢于说不公

他们在贫苦中敢于说贫苦

他们在牺牲中敢于说牺牲

他们是你在时光中发现的奥秘

他们隐忍，形态接近秋草

但不惧燃烧

他们活在古老的语言和文字中

一代一代接续

如一行一行雁鸣出现在天空

隐没于天空

他们是道路的开拓者

是巍峨宫殿与教堂的建筑者

他们是伟大平凡的群体

没有谁在泛黄的史籍中

留下个人的名字

他们

被你礼赞为人民的精神

在钟鸣下，在车间里，在泥土上

他们供养人世和自己的孩子

存在于他们之间的爱

像庄稼，像布匹，像炉火

他们是火焰中的诗句

是河流中的河流

是永恒释解的大地和天空

你被傲慢放逐
在谶语中,傲慢就在谷底
那里幽深,傲慢与顽石永远不会
显现影子,它也不是虚无
人类,如果失去了信仰和支点
不是都在自我放逐吗
在巴黎,你对法兰西投去深情的告白
你感激那里
这给了你女儿的国度
同时给了你奠基的沃土

你被放逐
这个事实始于密谋
那些人以群体和正义的名义
伤害了正义的肌体
这不能责备巴黎
这恰是巴黎的忧郁

你向北而行

你的内心没有仇视

你强大睿智的心灵

早已感知世界，一切需要改变的

一切正在改变的

一切形态与结构

终将发生本质的改变

你是向北的智者

在南方留下了基石

关于方向

这个概念，在翻涌的大洋

是巨轮航行的水迹

船首斩浪，船尾绽放

鸥鸟低飞船舷，成为水手的伴随

这样的隐喻被人类忽视了太久

这样的奇观始终对应天

在人心的大洋上

你，被放逐者，神态朗然

在预言的桅顶

你没有说云海

你说，在这世界

人的尊严，不容被劫掠

你被放逐

你与巴黎，这世纪之别没有悲戚

也没有送行的语词

你向北，对明天的一切

你已深刻洞悉

我尝试目送你

以诗人的身份，我尝试追寻你的身影

我可以感觉你和蔼可亲的注视

那是你晚年的形象

常常让我联想起自己的外祖父

我相信你的目光

你深沉的，干净的目光

你的一尘不染的目光

我承认

你曾影响我少年的心灵

那时，站在你的画像前

我尝试与一位老人对话

你的形象和目光让我相信善良

平安的夜晚，长满树木的远山

你的形象和目光，就如我的亲人

后来，我知道你们相爱了

你被放逐了，那个叫比利时的国家

因为你，被我视为永远的异乡

我常常远望，我知道

远隔重洋，但割不断

你仁慈含笑的目光

昨夜

我再一次踏上重回蒙古高原的路途

我需要以这样的方式感觉你

一次远行怎样影响人的心灵

是深秋，我在精神的空间面对你

你的注视还是那样温和

我想说，道路的奥秘

是因为行走的人充满怀想

是朝一个方向奔赴

抵达信仰所及的地方

信仰所及

从巴黎到比利时,你还在欧洲腹地

在这条道路上

曾经出现很多伟大的人

只有你以笔为剑,为贫苦者而战

你在哲学之海扬帆

你热爱,你虔诚,你呼唤

你的航船常常停泊在诗意的港湾

我选择远行

我需要一条逐渐向上的道路

我始终相信,在精神世界

你在高处

远行

是庞大体系中的一部分

我确信鹰迹仍然留在我少年的天空

是这样,我需要在长路间

体会你当年的心境

被放逐者,你的激越的心

从不畏惧风雨的击打

你笃定,你知道与什么同行

我回到高原

鹰掠过草原,风掠过海浪

马群越过西域的边疆

我停下来,在你被放逐的路上

欧洲贫苦的人们

都在凝望

他们为你送行

没有语言,只有心语

只有追随你的目光

你在高处

欧洲低于你,飞鸟高于你

你踩着那个年代的时间之音

走向布鲁塞尔

那是几种语言融汇的国度
你非常熟悉的美丽的德语
流入典籍中,流入人类的精神
被你预言的那片海
升腾起经久的光辉

我从不曾设想
会在这个时节重返蒙古高原
我回来,感觉你的高度
你的特里尔,你的波恩,你的柏林
你的巴黎与塞纳河
你的笔耕不辍的日子
在小燕妮出生后
你的喜悦的日子

那是你
用心智冶炼的华年
你的滚烫的诗句,终于成为

爱情之树上的果实

所谓放逐，是恐惧者躲避真理

却让真理走向了自由旅程

赞美者

用微笑面对放逐

欧洲沉默，欧洲的哲人们

因你的出现暗暗惊呼

他们

不能不承认这是诞生

全新的，真实的，自由的舞蹈

踏着长风的节奏

就如苍云，就如林涛轰鸣

高举着鸟啼

就如你走向比利时的时间

沉淀的，升华的

在纵向的空间里进行

你笃定，你坚毅，你从容

我看见你的身影

飘移在欧洲之冬

这不可阻挡了
你已经预言了长河的流程
人类源流奔向一个圣地
那里是心灵,火红的黎明永不陨落
欢乐和苦楚是两座山峰
你,唤醒黎明的智者
被放逐于欧洲之冬

是同一个冬天
你揭示严寒之源,那曾经
难以洞穿的壁垒
你语言的斧凿越过高墙
直接打开了铁锁和门闩
我知道那一切无形
它隐藏在表象背后
长久地占据道德制高点

完全不必请求他们俯下身来

对被践踏的青草表达怜悯

当马成为他们的道具和工具

当耶路撒冷的哭墙下聚拢朝觐的人群

当纯粹的爱情遭遇苦难分离

一切不公都被浮华遮蔽

你的被放逐的路

一定会绽放奇异之花

你的每一个足迹

你的每一片身影

都是宣谕，人类的精神

贫苦者的诉求，必须得到尊重

阅读你身影的

不仅仅是那些贫苦者

还有合谋将你放逐的那个群体

在法兰西，普鲁士的触须细密而坚硬

主宰那里的人

象征巍峨的城堡，宫门

华尔兹舞曲中的密谋与暗斗

在宫廷奢华的婚礼上

也有公主的泪水

那是不存在选择的
公主远嫁,她与她们
是某个王国领土外延的一部分
是阴谋的一部分
她们根本就不可能尝试抗争
她们被迫远嫁
这才是真正的放逐,放逐青春美丽
放逐少女的梦幻
放逐纯洁,在不可预知的前路
那个时期的欧洲血雨腥风

你
预言者,被放逐者,不朽的人
在一个清晨感动了巴黎
其实,你的精神之旅
早已跨越了欧洲疆域
在更为广大的世界
你依托基石道破一切残缺

关于人类，关于人的生活

一定要从阴霾中走出来

在灿烂的阳光下

每一个人都拥有幸福的微笑

这是你决意奋斗一生的理想

你走向比利时，你带着妻子女儿

去往必须抵达的境地

我带着你的传记回到蒙古高原

回到我出生的地方

我需要一次远行，这不是形式

我需要在高原之夜倾听你

你的特里尔，摩泽尔河

我需要这次经历

我在高原描述你

相隔两个世纪

我倾听珍贵的觉醒

在你所寄望的这个世界

不会有人再被放逐

我倾听天空一羽飞过

在更高处，是极致的蓝

大地祥和安宁

我倾听你深深爱着的原野

河流与码头，离去与归来的船

长久等待的人们，为什么热泪盈眶

我倾听一种古老的歌声

在歌声中守望的人们

为什么神情坚定

我深知

在你被放逐的年代

有醒着的良知，就如海因里希·海涅

他目送你，他在诗歌中

苦苦呼唤德意志

他希望关注你被放逐

正如关注你在特里尔降生

这种必然的关联

使你成为一条河流的记忆

最终成为人类的记忆

此刻

蒙古高原静了,已是午夜

我在阅读,我阅读你的微笑

你眉宇之间的深思

在一滴水中,我阅读苍茫

你就在那里,你以你特有的方式

回馈了这个世界

你曾被放逐,如今

你在精神的峰峦俯瞰巴黎

寄望一切有序

我企盼着

会有更多的人懂你

懂你充满悲悯的情怀

他们首先应该懂你被放逐的道路

你是怀着坚定的心上路的

那一天,巴黎先贤祠就在你的身后

海因里希·海涅也在你的身后

你如同出征,你和你的妻子女儿

在大地上留下永恒的剪影

我告诉自己

为了贴近你被放逐的时间

我选择了,由南向北

我感觉到流动,那应该是

另一种形态的长河了

你还在那里,为了启示人类

你智慧的头颅微微下垂

那一刻,你所置身的世界

充满了慰藉

卡尔·马克思

第 六 章

永恒的荣誉

对你的阅读
是从你的摩泽尔河开始的
从你的少年开始
到你的老年

是从谛听开始
从特里尔开始,在一脉源流的时间中
我谛听悲悯,感觉就是追随
一条蓝色的河流
希望抵达圣境

你创立荣誉

这最初的史实

像羽毛飞过阴沉的天空

伴随大地上铁的声音

血的声音,沉重喘息的声音

不该期待一束光刺穿黑暗吗

不该寻求改变吗？不该

在重重挤压中突围而出

创造属于生命中的尊严和荣誉吗

我阅读

我的眼前常常幻化出荒原上的野花

那么素洁,这令我

一再联想平凡者的生活与诉求

他们,在辛苦劳作之后

与家人相亲相爱

他们所要的,正如你预言的

他们所想的,正如你说的

他们长时间失去的

正如你力争的

他们恐惧的

正如你面对的

我们在过程中回望庄严的起始

那时间中的时间

那风中的风所发出的不同的嘶鸣

那疼痛中的疼痛

所催生的一丝黎明

你创立的荣誉

不是筑起高墙,是推倒高墙

是在无形的阻隔与存在中

开辟自由公正的道路

把幸福还给幸福

我阅读

在你独自向北行走的路上

你是心怀着亲人的

我说你带着妻子女儿奔赴布鲁塞尔

是我在阅读时看见了她们的身影

这让我想到忠诚，精神的支撑
某一种象征，如何成为
你那个年代的注释
那是属于心灵的
在荣誉的体系中
被你确立的，更加真实的光明
是劳苦大众清澈的眼睛

荣誉
手臂相挽传递的精神之语
这璀璨的珍珠，在相连之后
形成逶迤起伏的山脉
这是你追求的，你深信的
你梦里梦外最美的风景
没有冬季酷寒
只有阳光灿烂
由你执笔
将荣誉镌刻在信仰的基石上
若铺展开来
就是黄金海岸

执笔者

你温和的气质影响了无数人

感动了无数人

包括后来的我，在你降生世界

二百年后的今天

阅读你，我仍会在喧嚣中

沉入宁静

如果能如你一样思考人类

如果有更多的人为更多的人思考

如果这个世界上再也没有饥寒的孩子

即使没有斑马线，孩子们也会平安

如果这远大的世界

能够保持长久的和谐

像东方建筑的卯榫完美契合

我们就会将荣誉珍藏起来

我们就会告慰你的英灵

实现了！一切都是真的

饮水是清澈的

心灵是诚挚的

语言是可信的

天空是湛蓝的

我阅读你精神的地貌

那富有层次的,向远方伸展的翅膀

寂静就是飞

缅怀也是,说尘埃

哪怕是微小的一粒

也会出现在必然的时刻中

而永不褪色的荣誉

注定诞生在你的年代

在欧洲,在巴黎,在你被放逐的路上

在布鲁塞尔

你预言了未来

我尝试抚摸过去的时间

柔软的山脉与河流

轻轻抚摸过去的笑容

被信仰支配的道路

尝试抚摸你的夜晚

你的黎明，你的爱情

抚摸你的痛楚与幸福

我尝试抚摸你的笑容

我的耳畔总会传来铜质的钟声

对荣誉

这精神的屋宇，我尝试进入

在此之前，我会沐浴

我会保持洁净的双手

抚摸时间的肌肤

这永远年轻的年代

河岸曲线完美，那个年代的歌谣

圣乐般移过光泽细腻的水面

在大地上，歌谣，这动人的语言

一直是人类最好的安抚

这是诞生于流亡岁月的荣誉

你年轻的心与信仰接受冶炼

荣誉，也是信仰的中心

你创立荣誉,这阴沉年代

色泽红润的果实

伴随着艰难

你对迫害者说:不

在一个精神帝国的轮廓中

你微笑着,选择了放弃[1]

你没有仇视,你将普鲁士视为

一个精神的矮子,你的目光

飞越它的头顶,在遥远处

你看见了光明

这个时候

你最挚爱的兄弟[2]

从那里朝你走来,你最挚爱的兄弟

你们,改变世界的人

在塞纳河畔再次相拥

这是另一种珍贵的荣誉

你们,两条河流汇聚于精神的山脉中

---

[1] 1845年12月,马克思正式退出普鲁士国籍。
[2] 指恩格斯。

两只相握的手
两颗强大的心
两双睿智的眼睛
两个梦想融为一个梦想
两个守望的人
共筑同一条道路

没有任何人想象过这条道路
当然也就没有描述
在以往混沌的，充满荆棘的
通往地平线升起的地方
你们逾越，每一步都有艰险
你们，携手同行的人
以精神的斧凿执意开辟
全新的精神之旅
你们的身后跟随着源流

我尝试抚摸水
这液态的火焰深藏不露
它已经存在无数年了

我可以感觉的温润与炽热

都有一个根系

在荣誉的峰峦上

是飞着的云

那是全新的

接近极致的美丽

荣誉，精神的桂冠

人类头顶上的光迎着星群

逆风飞翔

鹰的翅羽显得沉重

你们，将荣誉留给人类的人

如今安睡于荣誉的殿堂

是殿堂，在人类精神群山的怀抱中

你们拒绝了浮华

同时拒绝了妥协

是荣誉殿堂

建筑于人类精神世界的塔楼

不见紧闭的门

那是通畅的,和谐的,迷人的

那里富有节奏的声音

穿越人类古老的哀愁

在另一个层面上

温润的光辉持久而充沛

我尝试抚摸深远的天宇

感觉雨季来临,那博大精美的结构

我在贴近的过程中

这很奇妙,也很真

我尝试抚摸真理

在你的注释下,我是心怀探问的孩子

在那样的体验中

我承认,我甘愿付出

我甘愿付出一生的时间

向那样的荣誉深深致敬

对于荣誉

我们不需要追问,只需确认

在我们望得见的视野里

荣誉不是旗帜,那是氤氲

是可以触摸又没有实体的存在

在我们脑际,那是久久萦绕

是必须珍重的珍重

在你赢得荣誉的时候

你很年轻,但你却负载起

人类贫苦者的命运

你让我想到选择夜行

是为陪伴那些露宿者

你没有高高在上,你的语言

在寒冷冬季的夜里成为他们的篝火

你年轻的心举着诚挚

这没有杂质,你的年轻的心

在那个年代的欧洲接受了启示

这来源于贫苦者的力量

具有闪电的属性

它不会一直闪耀于穹庐

它是灵光一现,是切割

它是站在雨中地平线上的人

发出的声音

你听到了这声音

闪电的火焰在寂静中突然出现

你说,这不可忽视

这是人类的精神

它不可战胜

我尝试抚摸黑暗

感觉黏稠,我所热爱的清澈

是你少年的特里尔

是摩泽尔河畔的清晨

是你写给燕妮的诗篇

是你的波恩

你的柏林,你的巴黎

是你的布鲁塞尔

它是永恒的荣誉

它是钥匙

在开启一道巨门之后

所发出的轰鸣,无论进入走出

都可见远空清澈

你,手握钥匙的人

在那一时刻没有想到神

是起飞的一刻

你在缜密的逻辑中寻找路径

如鹰隼在乌云里寻找缝隙

在天空中留下的符号

你为苦难者代言

你落在纸上的每一个文字

都有生命悲悯的体温

我抚摸扶摇

上升的过程动人心魄

那一天,在蒙古高原

我确信望见了更远的地方

苍山如海,你在海的那边

你在你的世纪里

你拥有基石，荣誉

燕妮和你们的女儿

你拥有她们的聪慧和美丽

你拥有安静的特里尔

色彩斑斓的巴黎

你拥有真理之光辉映的海滨

我阅读你

在蒙古高原的午夜

阅读你年轻的心灵和身影

我选择了地理高度，仰望精神高度

应该在北斗七星的下面

高飞的鹰隼找到了故乡

我看见了你！是你的老年

你的注视毫无改变

你的容颜也没有改变

荣誉没有改变

有一首颂歌也没有改变

世界在变！世界
仿佛分割在一条大河的两岸
被你预言的，人类的今天
仿佛失去了地平线

为此
我们珍重精神与荣誉
我们从不怀疑，在一个伟大的时代
诞生了伟大的智者
你平易，你真实，你富有激情
你用心智镌刻在时间中的荣誉
不见蒙尘，这是无数后来者
对你的追思和崇敬
这是我，在幻听你雄辩的声音后
在一部史诗中寻找你的原因

你没有停留在那个年代
在汇入时间的河流后
你就是河流，是人类精神的脉动
这不竭的源泉，沿途发出的示意

对人与世界，属于你的荣誉
已经成为持续的生活
只要人与生活存在
你的荣誉就是永恒

永恒的人呐
我们在你的荣誉下躲避酷寒
也躲避酷暑
如果必须面对其中的一种
我们的心海中就会出现岛屿
这是我们神圣的营地
我们会在这里凝望庄严的基石

躲避不是怯懦
是接受庇佑，是感受你浩荡的魅力
在今天依然闪耀着光芒
躲避不是放弃抗争的精神
是在信仰的屋宇下倾听你的呼声
的确需要一种姿态
一种坚毅的，时刻准备着的

向着理想之地集体行进的脚步
铿锵，整齐，放声歌唱

阅读你，倾听你
二百年一瞬即过，日月轮回
天地星辰都在诉说
说恩惠慈爱永远长存
说你的荣誉已经生长为高大的树木
这延续的形态非常清晰
这是一个庞大群体的记忆

就是这样
在这个世界，只要有水声流动
就会有你的荣誉和信仰
这几乎没有边疆

我抚摸
投身于无边无际的暗夜
指尖移动在誓言里

感觉一切都近在咫尺
一切，过去的，现在的，未来的
离去与复活；一切
都在这样的荣誉里被深深铭记
笑容，求索，献身
对公正的时间轻轻耳语
说永不放弃

说一颗杰出的心灵没有缄默
说抚摸，一寸等于千里万里
一寸温馨感动着灵魂

说在某一个凌晨
送别的人没有留下名字
他举起一只手，上方刚好有一颗星子
他感觉触摸到了
他感觉荣誉和信仰就是这样
一生所愿，相信指纹

永恒的人呐

你赐我们以生存史上的密语

这无须破解，是你

破解了贫苦者乱麻一样的心绪

你道出世界普遍的忧思

你用语言推开尘封之门

让他们看到辽远无际

那才是人类的追求和尊严

那才是不可剥夺的荣誉

对你的阅读

不会在此处结束

就不会结束，也没有结束

生活，这条河流将会永远奔腾

我们需要辨析的

是暗礁与风暴，在这样的认知里

我们常常想念你的笑容

想念，就是根植于心的

那种不变的情愫

倚着这河流

我倚着奇异

强大的力量推动着我

我梦里的星空真的没有一丝云

只有透彻与闪耀

你就在那里,你所象征的

在低处与高处,都是我信奉的

比如荣誉,比如投入,比如献身

比如在这样的生活中

我听你的声音,你的身影

你的摩泽尔河畔少年的黄昏

卡尔·马克思

······················

第 七 章

共同的旗帜

你已成为旗帜之魂
西欧苏醒了！在北海之滨
用心灵擎起旗帜的人们
凝望一个中心

历史需要契机
在时间之怀长久涌动着的
不可遏制的激情
以喷发的形式表现出来
震动一个王国和古老的欧洲
时光的指针没有尽头

它未曾停留在某个夜晚

而是肃穆迸发

天空下聚集着人群

时间之怀

时间之海

时间之子

一切，都历经风雨和等待

那一刻，你的狮子般的头颅

时而低垂，时而扬起

就如意会，从誓言的森林中

传来阵阵轰鸣

象征出现了

引领的手臂线条健美

天空里惊现大群鸽子，它们在低空飞

它们环绕着一个中心飞

你知道，那里飘着无形的旗帜

总会到来的

总会开始的
世界，总会出现新的奇迹
你在另一种海洋，你的形象
再一次接近镇定自若的船长

雨水能够洗净这个世界
但目光不能，目光只能凝望
某一种东西破雾而出
准确击中一点，那不是箭矢
那是人类新的精神
像火焰，也如图腾

在人类典籍中
只有你的哲学可以形容为旗帜
并被贫苦者所接受
你还是一位诗人
你澎湃的激情毫无羁绊
你表达，你追求，你的语言
绝对具有珊瑚的品质

需要怎样的智慧和勇气
才能擎起这面精神的旗帜
你这样对世界说——
这面旗帜不需要旗手
只要一点光明就会吸引
世界上无数渴望公正的心灵
只要诚挚可信，只要纯洁的手
伸向爱与自由

你是以思辨闻名天下的
思辨，就是陈述一个真理
你的方式非常绅士
在贫困中，你体会贫困
在寻求中，你体会寻求
在热泪中，你体会热泪
在奔走中，你体会奔走
旗帜
在这个意象里，深藏的岁月不动声色
我不会想到蛰伏
我会想到，在旗帜经纬的

每一个交叉点上

既有血的殷红,也有泪的浸润

还有心的温柔

你的哲学

首先镌刻在基石上

后来写在旗帜上,这是相通的

我笃信,信仰的形成就是这样

光芒的流淌也是这样

在布鲁塞尔

在西欧,你高擎的旗帜不是一个概念

我能读懂的内涵

存在于你庞大的体系中

就如水系,从一条河流

到另一条河流,那是动态的

旗帜也是动态的

那是被你聚拢的

无数贫苦者的心灵

在苍宇下舞动

共同的旗帜是一种昭示
呼唤为此献身的人
已经献出了自己

你就是
在你少年的理想中
我就感觉到这种意志了
你的摩泽尔河可以见证
你纯洁的爱情可以见证

你将自己献给了
世界上许许多多并不相识的人
很多未来的人
从你的哲学里找到了自己
命运不可以预言，但旗帜可以
每一个被引领的人
都可以用目光与心灵
在这面精神之旗上写下自己的名字

回望西欧

你的形象就是年轻的誓言

它伴着时间成熟

它在共同的旗帜下缓慢汇聚

最终抵达顶端

顶端，就是鸽群飞过的地方

是你久久凝望的地方

那里天雨丰沛

和风习习

因为纯粹

那个年代的西欧接受了你的哲学

那个年代，我的祖国也在沉睡

在特别需要一声呼唤时

你出现了，精神的旗帜出现了

这就是价值

是人类一再忍让后发现的引领

原来自我是能够寻求解放的

原来是可以发出声音的

在共同的旗帜下

贫苦者集合，是心向一处
在精神的空间里紧紧相拥

这就是拯救
从自身开始，到广阔的天地
从西欧开始，到未来的世界
从质疑开始，到最终的破解
从奠基开始，到共同的旗帜
从心灵开始，到具体的行动
你的呼唤像风一样蔓延
你所描述的真理
让我联想船靠码头

漂流的心靠在岸边
你所触及的一切，是在秩序中
重建一种秩序，你揭示了行动的可能
你在共同的旗帜下保持冷静
面对纷乱，你保持从容

正义者，同盟，先行者，旗帜

这些名词从悲苦的土壤里生长而出
你，实践者，旗帜的设计者
以微笑和冷峻面对世界
以此实现远大仁慈的护佑

贫苦者
每一位贫苦者的身影
都是旗帜的影子，这样的奇观
从西欧迅速飘向全欧
海燕鸣叫，海燕护送旗帜的影子
越洋而来，在炎热中
旗帜的影子是阴凉
在酷寒中，旗帜的影子是火焰
在梦中，旗帜的影子是巍峨江山
百花烂漫

可以描述旗帜的皱褶
这深刻的隐喻，可以想象智者的掌纹
道路，纵横的江河
可以形容土地龟裂

耕种者苍凉的心声
甚至可以联想无所不在的栅栏
看得见的，看不见的
人间重重的阻隔，创伤
还有高墙，城堡，密谋
一层接一层的盘剥

当这样的旗帜在心海升起的时候
我们会发现
被长风抚平的，是时间
是等待，等待
是亲人般的信念

可以通过时光隧道重返那一天
到塞纳河畔
接近那些不朽的智者
看他们的手势，他们的神情
在他们的目光中
一定会看见共同的旗帜
像看见一个婴孩，他们

都是这个婴孩的父亲

是父亲
是精神与情感的父亲
他们给一瞬珍贵的时间命名
无产者！这是一个非常值得尊重的群体
从那一刻起，这个群体
集合在共同的旗帜下
共同养育一个神圣的婴孩
这个婴孩还有另一个
让无产者感动的名字
——未来

没有啼哭
真的没有，只见塞纳河缠绕的西欧
被祥云笼罩，举起手臂的人
向新的诞生致敬
这个时候，在你身后的妻子和女儿
也在向你致敬
你，旗帜，河流

还没有获得蓝天与坦途
你的周围仍然挤压着黑暗
你的同行者们，那些
与你一样深刻洞悉了
人类悲苦源头的人
坚定地站在你的身旁
在记忆的空间里
你们是永不风蚀的雕塑

闭目而思十万里
一寸光阴，一面旗帜，一种历程
被信仰哺育的，在时间里成长的
所有的奋斗与牺牲
都未曾懊悔；所有的挫折与磨难
都未曾改变信仰的心
感知十万羽鸽子飞越峰峦
一边是草，一边是雪
它们在朝阳的一边栖落
精神的旗帜没有降落

那个高度

在最初的时刻就超越了人

人的悲苦与欢乐

在旗帜的下面，人的梦想

在旗帜上面，在旗帜上

不见一个文字，也不见破损

它飘展，像空中的海洋

每一滴水都彼此相融

每一滴水都是聚拢的目光

我仰望

在树冠上方，是自然的天

我用心贴近你，我尝试

以我的方式感觉你充满神圣的心情

我轻声呼唤那个婴孩的名字：未来

未来啊！我发现你刚刚降生

塞纳河畔，你的降生地

被雨丝缝合的日子

你走过的日子

被智者们一再祈福的日子

倚着无限的遐想与时间

时间会提醒我们
什么叫怀念
这条河流会迎接一切
送走一切，珍藏一切
珍藏，就是沉淀

共同的旗帜依然在时间里
世人承认也罢，否认也罢
这个生于尊严的婴孩都在成长
这个婴孩永远也不会老
这个婴孩，永远也不会失去
水草丰美的土壤

我仰望
我承认云是天的婴孩
我承认浩荡的风拥有比我更远的路
可我拥有笃定
愿一切安好

愿这面共同的旗帜

永远不失最初的色泽

我仰望

我看见你在天宇

你花白的须髯幻化为白云

如今，你所执笔的，你为之书写的

你奠基的，你呼唤的

这个多彩美丽的世界

依然精心守护着你的婴孩

不错，这个婴孩已经拥有很多

我是指心灵，这是一个庞大群体

一生不变的信仰啊

在更多的时间里

这个婴孩活在他们的血液中

还有一些人

他们誓死守护这个婴孩

关于前赴后继，关于微笑着赴死

是这个伟大的婴孩

给予他们的精神支撑

为之献身的人们这样说

我们，死得其所

我仰望

感觉雁阵正在飞过北方

它们要去温暖的地方，它们飞过

它们留下凄美的鸣叫

它们象征时节的过渡与迁徙

可你就在那里

你永恒年轻的心

未曾出现一丝游离

我仰望

在共同的旗帜下投入创造

形成"公认的力量"[1]

我看见年轻的你还不到三十岁

你是三个孩子的父亲

你在他们的歌唱和吵闹中

陷入沉思之海，那里千帆竞发

引领的航船上飘扬着旗帜

---

[1] 《马克思恩格斯全集》，第4卷，中国社会科学出版社，2018年，第210页。

在布鲁塞尔

你和你的同道们共同思考人类的命运

你们集结，你们燃烧

你们给一个沉闷的世界

带来巨大的挑战

在乌云的缝隙已经出现一线湛蓝

我承认

在我少年时

我就已经被你的追随者感动

那时，你安息于理想的基石

他们，后来的人们

在苦难的东方大地上

用生命捍卫共同的旗帜

你望着他们，他们说

他们能够感受到你的注视

他们是先驱者，这些杰出的人

将旗帜视为最为珍贵的智慧

精神旗帜的作用

是在暗夜点燃火，是发出同一种声音
是在英勇就义时
依然从容与坚定

他们清楚为什么献出生命
那些历经苦难洗礼的人啊
无不深爱着自己祖国的土地
在共同的旗帜下
他们默念或高声朗读共同的誓词
没有如果，一俟抉择
他们就是旗帜的一部分
他们在旗帜的经纬里
他们在旗帜的皱褶中
他们的灵魂树荫般嵌入大地
让后来者看见自由美丽的花朵

这一切
早霞一样向世界铺展的真实
也如大河奔流
起始，源头，西欧

有一种形象

凝固在布鲁塞尔冬夜

塞纳河泛着淡淡的光

你在灯下踱步,你突然停下来

你转身,你的目光含着惊奇和喜悦

那是精神之旗诞生的日子

你听窗外天地交响

你听人间苍茫

你听一个圣婴到来的一刻

你听飞翔,永无边疆

我仰望

我尝试抚摸旗帜一角

我想象旗帜的柔软与坚韧

我在内心,为无数伟岸的先驱者

点燃祭火,我的脑际依次出现

他们的身影,有的缓慢

有的迅疾,有的停滞

我知道他们将什么留给了旗帜

他们的心声是——

有旗帜在

他们就会获得永生

仰望深秋的天空

飞着的云，静止的云

感知无形而温暖的手

紧紧握着往昔的时间

感知无数双眼睛都在凝望

凝望共同的旗帜；感知你

依旧在发出誓言的地方

你的身边站着一群孩子

他们目光清澈，他们笑容干净

他们与你，面对同一个方向

在你身边的那群孩子

他们，不就是未来吗

在共同的旗帜下

那么多人甘愿献出生命

不就是献给了未来吗

那一刻

我面对的天空无云

它静着,它也在望着我

我真切地感觉到旗帜飘动

我在心里虔诚地对你说

我相信,我不会怀疑

就在那里,有你深邃的目光

卡尔·马克思

第 八 章

神圣的宣言

在少年时代
走在两条铁轨之间,我所感觉的远方
是令人神往之地
火车到来前,锃亮的铁轨
会发出声音,像一种深长的警示
我和伙伴们就到路基边缘
我们等待列车,等待那一刻
它呼啸而过

当记忆变为经验
我们就成长了,我们就会神往

精神的远方，并跟随精神的偶像
走向值得探索的异乡

当我开始思考某种神秘关联时
我爱上了河流
你有摩泽尔河，我有西拉木伦河
是的，是否有同一个源头呢
这片大地，湖泊，草原，群山
浩瀚而公正的海洋
是否有一颗心灵怀有这一切
后来成为阳光般的照耀

那个时候
你的形象已经变了
你满头白雪，可我感觉不到冬季
我知道，神圣宣言是旗帜中的一部分
对于我，它是激越的诗歌
如同凝视雁阵飞过天宇
因为旗帜，它是天上的果实
如果飘落而下，它就是雨

美丽而丰沛

那个时候
你正走向人生的三十岁
你和你的精神上的兄弟们
一同撬动了一块巨大沉重的石头
你的手迹，那青草一样蔓延的气韵
拥抱神圣宣言的灵魂

我没有听到巨石滚落
也没有听到粉碎的声音
我确认了一种伟大的诞生
基石，旗帜，宣言
这三个不朽的意象
与你尚未到来的三十岁相遇在欧洲
我听到乌云渐渐消散
我听到了蓝天白云
在夜晚，我听到了深远和星群

后来

我少年时代的火车进入了隐喻

它象征的等待，到来和远去

与人的生命如此贴合

那不就是奔赴吗

那不就是燃烧着

那不就是呼唤着奔赴吗

在神圣宣言的下面

也是一条道路，是全新的道路

在那里集合的人

不分国籍种族，他们

为同一种呼唤而来

为同一辆精神的机车而来

他们要奔赴的，是荆棘丛生之地

他们是信仰的追随

自信前程远大

他们是一代一代出现的

是信仰的婴孩，血统纯正

他们是人类史诗中最鲜活的一群

即使慷慨赴死，他们也不会违背初衷

他们拥有集体的宣言

那是旋律，流淌在血液中

永远也不会凝固

1848 年 2 月

神圣的宣言诞生了[1]

这是光，是惊雷，也如波涛

这一年，你三十岁

你已经创造了辉煌的人生

在距此一百年后

在同样古老的东方大地

一支大军准备渡江[2]

他们是你坚定的信仰者，在此之前

被他们认定为先烈的人们

已经消失在天边

他们高举着旗帜

举着信仰，举着先烈们的遗愿

他们是一群非常干净的人

---

1 1848 年 2 月，《共产党宣言》诞生于英国伦敦。
2 1949 年 2 月 11 日，渡江战役总前委在商丘张菜园村成立。

被你预言的

被你一再呼唤的

人类世界的某种理想

以绽放的姿态出现在东方大地

这是基石的一部分

是旗帜的一部分

是宣言的一部分

是你在两个世纪中

深深影响的一部分

今天，所有的一切都在你的凝望里

在时间里，在河流里

一切，都在演绎的过程中

揭示神圣宣言的意义

你的经过时间沉淀的思想

在神圣宣言的辉光中

形成林涛轰鸣的森林

对于鸟群，这是另一种海洋

也是随处可见的岛屿

对你的信奉者，那些纯粹的人

你的手迹就是活着的眼神

你的手迹,在今天

在神圣宣言的肌体上

仍然散发着迷人的体温

神圣的宣言

人类第一次对苦难与黑暗的声明

一些人觉醒了

一些人集结了

一些人出发了

一些人高举精神的旗帜

沿途呼唤更多的人

从特里尔到波恩

到柏林、巴黎、布鲁塞尔、伦敦

神圣宣言诞生的过程清晰可辨

你每走一步,它就接近了一步

它是基石和旗帜护送的光芒

是经过心智冶炼后

凝结而成的典籍

每一个文字都是奇异

神圣宣言
信奉者,这难以计数的群体
他们无可替代的经书
在历经时间洗礼后
色泽依然,仿佛正值青春

我的眼前出现一些永生的形象
他们在时间之海
用信仰推动破冰船
我看到的另一种景观是
一些人怀揣着神圣的宣言
听人间疾苦
描述万山红遍

还有一些人
在看得见与看不见的疆场上
默念你金子般的名字
他们微笑,他们战斗,或者

他们必须离去，都没有丢失

神圣宣言的灵魂

是这样的品质

使冻僵的土地一寸寸苏醒

让土地上民众看到黎明

在神圣宣言的核心

你这样告诉世界

"用法术呼唤出来的魔鬼"[1]

已经走向歧途和末路

他们就如面对镜子

用自己血红的眼睛

盯视镜子里血红的眼睛

需要读懂你

读懂至今站立在神圣宣言之中

举手宣誓的人们

读懂你三十岁的人生

如何融入了这个世界

并且呼唤起那么多人

---

1 《共产党宣言》，中央编译出版社1998年纪念版，第62页。

甘愿随你奔赴

需要读懂神圣宣言的体系
在这精神的建筑里
每一个支点都很坚固
它在人类的土壤里
在泪光与尊严深处
它是移动的，非常接近光
或久远的梦想
每个人，自由，发展
在沿河两岸劳作
拥有平等的微笑和生活

你的手迹气息浓郁
应该读懂这智慧之火
两个世纪，时间够久吗
我愿将神圣的宣言描述为天雨
这会让我联想到地泉
水，饮水，河水，湖水
是的，雨水！这天赐的甘霖

流淌在宣言中的气象
是这几种源流的融汇
是紧密相握的手
润泽大地与灵息

可以想见
在你高声朗读神圣宣言的时候
整个欧洲都安静了
你年轻的心，在那一刻盈满了爱
你的思想美丽驰骋
在你身后，你故园的摩泽尔河
波光闪耀，一些人侧耳倾听
你年轻的心，在神圣之日
沐浴天泽地光
你的声音穿透重重铁幕
在极远处传来回声

在神圣的宣言里有另一重天空
那里没有阴霾
长空清风万里，日月交替

人们在自由的土地上行走
也没有拦阻；有一个方向
始终吸引着越来越多的人
他们渴望爱与被爱
渴望尊重与被尊重
渴望平等与公正

你和你精神的伙伴们
在这神圣的宣言里达成共识
共同唤醒备受压榨的贫苦者
向他们伸出拯救的手
可以说这是萌芽
是撬开巨石后骄傲的呈现
面对千百万贫苦者的命运
你们发出了真实的声音

智慧之源
在神圣的宣言中有泥土的芬芳
与钢铁的交响
你早已读懂那悲苦的一群

在你的笔下,他们沉默

但紧紧随行

这不是一个文本

这是在历史必然的时刻

必然的莅临

你迎迓

你在如此的汇聚里呼唤

是这样的海洋

给了你巨大的精神力量

1848年早春

雁阵起飞,融入辽阔的天宇

很快,雁阵分开

它们朝八个方向飞去

那是八句誓言,也是八粒种子

每一句每一粒都凝结着神圣之息

我进入典籍

在字里行间,我追寻1848年的雨

那种斜飞提示我

它们会在不同的时刻里

分别降落大地

我进入那个庄严的殿堂

进入那个时刻，面对你燃烧的心灵

我只能保持静默与崇敬

那是属于你的时间

你的三十岁壮丽的人生

因为神圣的宣言

进入无限光明的世界

这是你的理想，你的凝望

在典籍中就是语言

我看到了，我听到了

那一天，那一刻

你光洁的额头上洒落着光明

我听到你说

"在那里，每个人的自由发展

是一切人的自由发展的条件。"[1]

---

[1] 《共产党宣言》，中央编译出版社1998年纪念版，第77页。

那里，信仰，未来
你的信奉者甘愿献出生命
也要为后人创建幸福之地
所有奋斗的历程都值得纪念
他们是先驱者，神圣的宣言
给了他们投身献身的理由

我看到泰晤士河畔的早晨
大地上铺满金辉
那一天应该是无产者的节日
在我远眺的欧洲
新的图腾，在第一时刻
拥有了翱翔万里的翅膀
我看见树冠在动，那自然之语
在近空飞，仿佛呼应着人类

这就是表达吧
然后就行动起来
在同一个神圣的宣言里团结一致
成为信仰的兄弟姐妹

我深深感怀这种表达

为此投身于伟大事业中的人们

从此不惧凄风苦雨

不惧枪林弹雨，为了同一个目标

他们在你的笑容下出发

他们在你的笑容下行进

他们在你的笑容下牺牲

他们在你的笑容下朗读誓词

他们在你的笑容下迎接胜利

那真是无怨无悔的追随啊

我敬重这样的人

在神圣的宣言里

他们认定了一生的道路

那些幸存者，拥抱胜利的人

在旗帜下再一次举起手臂

神圣的宣言

水一样干净的语辞

流淌在大地上

谁也不能否认那些人杰出的禀赋
被他们用生命珍重的荣誉
基石，旗帜，宣言，誓言
有一种最深的眷恋
生长在河流沿岸

我珍重史实
我珍重1848年人类的智慧
在这棵蓬勃的大树下
也有最美的爱情

你在时间里
在1848年夏季的雨里
三十岁，你用信仰重塑了自己
你能听到的自然之语
与贫苦者息息相关
而我，只能想象
在你年轻的时代
你以什么方式，触到了
人间普遍的痛楚

那一瞬间的体验
铸就了你一生的追寻

这不容置疑
只能尊重这巨大的荣誉
被无数人所接受，所守护
这人类新的歌谣滋育后来的人们
从 1848 年开始
他们有了自己的圣地

而圣殿
属于他们的圣殿
就是神圣的宣言，这精神的建筑
在贫苦者的心灵上
在他们的目光里
在他们的诉求中
这个圣殿永远也不会
在阳光下显现巍峨
它永固，千年不失光泽
万年不朽
永恒矗立
这个圣殿

已经形成精神的山脉
如今你隐在山里，在任何一座山峰
都有存在，有时
你是岩石，有时是大树
有时，你是源泉

对于我
你是祖父一样永生永世的形象
你在我的视野里
你在我的感觉中
你在我深深敬爱的深处

凝望蓝天白云
宁静的，移动的，凝视的
在灿烂阳光的照耀下
万物生长有序
人类，在这大地上生活
你已在高处，你在人间
留下了神圣的宣言
如今，你活在宣言的扉页
像一道充满启示的门
永远不会关闭

我们也不会去关闭启示之门

我们需要从那里进出

需要真理之途

奔流的江河永不凝固

那一年

你三十岁,神圣的宣言刚刚诞生

那一年,欧洲迎来民族之春[1]

心怀淘金梦想的中国移民

抵达美国西海岸旧金山

与神圣宣言同年降生的

还有天才保罗·高更[2]

这一年,伟大的别林斯基[3]

在俄国故去,他也留下了心灵之书

这一年,美墨战争结束

清道光皇帝走向人生的末路

这一年

通过神圣的宣言

你为全世界无产者

指明了未来光明的旅途

1　1848 年革命,也称民族之春,是在 1848 年欧洲各国爆发的一系列武装革命。
2　保罗·高更(1848—1903),法国画家,后印象派三杰之一。
3　别林斯基(1811—1848),俄国革命民主主义者、哲学家、文学评论家。

卡尔·马克思

第 九 章

必由之路

在我的夜晚

回荡着十九世纪的声音

教堂,钟鸣,城堡,在油画中

浣衣的女人,在草的斜坡上

张望木屋别墅的女人

在一切暗影中

我听到脚步的声音

另一种声音

是你与巴黎之间彼此的呼唤[1]

只有时间才能书写时间

---

[1] 1848年3月,马克思致函刚刚成立的法国临时政府,要求政府撤销原来对他的驱逐令,允许他重返法国,得到临时政府方面充满敬意的回应。

就如怀念进入更深的怀念

就如年轻到亡失

永远也不会走远

愿倒写的历史不再重演

愿岁月平安

山花烂漫

我听到这样的消息

你获准重返巴黎

这个时候,比利时政府

刚好对你发出了驱逐令[1]

这不是历史的巧合

这是公正时间仁慈的安排

是你,一个伟大革命先驱的必由之路

我听到暴风雨来临前天空的声音

沉默不语的远山仿佛抬起了头

一个少女,取水走在回家的路上

我听到道路两边的植物

发出窸窸窣窣的声音

---

[1] 1848年3月1日,鉴于对新兴革命的恐惧,比利时政府发出驱逐令,限马克思在24小时内离境。

那是十九世纪的欧洲

风起云涌的欧洲

我听到一部辉煌史诗的前奏

同时听到了歌唱

当你在这个世界竖立起精神的基石

当你擎起信仰的旗帜

当你发出神圣的宣言

这条路就注定了

被注定了的,肃穆的背景

被注定了的,风中的飘动

被注定了的,执着的追求

被注定了的,勇敢的牺牲

生命的华彩与飞扬

让这条道路变成了河流

这个世界被大水切割

这条路就无所不在

它们相互依存,远方有海

选择这条道路的人们同甘共苦

他们，是天空苍云下的奇迹
是回应了你呼唤的人
在今天这个时代
我们尊他们为先驱

在必由之路
他们将自己燃烧起来
只要我们回望，就可以看见奔跑的火焰
无以计数的人顺应自己的感知
他们投身其中
他们在这炽热的洪流中
向一个圣地进发
而你，走在他们的前头

在你重返巴黎的夜晚
我依稀重返一个梦境
我再次见到一些人，我熟悉他们的形象
那些奔赴者，被我崇敬的人
他们没有对我说什么
我也没有对他们说什么

就那样对望，风雨江山十万里

一瞬意会，一夕相近

一朝芳草天涯明月

一吻日月星移

一吻基石不说群山

一吻旗帜不说辽远

一吻额头不说永别

一吻目光不说怀念

一吻泥土不说朝露

一吻爱人不说诺言

你的重返巴黎的道路

指向一种时间

那里是等待，也是接续

你在必由之路，理想没有尽头

理想，闪耀在梦境中的珍珠

人心里的星子，天宇辽阔

在道路的沿途和远方

你的追随者目光坚定

从不说艰难与困苦

欧洲就是这样醒来的
欧洲的哲学,艺术,启蒙
只有在人的心灵中
才能折射出光辉
你重返巴黎,你对无数人的引领
成长在同一个年代
那是被想象很久的
被期盼很久的
被你毅然奠基的
人类群星的闪耀,那个时刻
是郑重托付的双手
紧握着信念与自由

欧洲
萌生梦想和革命的故乡
你的出现,在摩泽尔河两岸
在塞纳河两岸
在泰晤士河两岸

决定了基石，旗帜，宣言

一切笃定，你重返巴黎的身影

从此成为最美的证明

信仰与灵魂

是不能被放逐的

放逐者的冷笑，在被放逐者的世界

瞬间变为随风而逝的灰尘

是灰尘！而不是火焰的灰烬

你笑对个人的命运

在你三十岁的人生中

你这样体味逻辑——

个人的，一己的东西

如果不能贴近广大的人类

那就是无源之水

世间伟大不朽的追随

一定浪涛拍岸

鹰隼疾飞

在必由之路

幽淡无华的原野从不放弃河流

也不放弃万物

在这样的秩序里

你，为贫苦者而呼的人

用目光直视铁幕

用行动接近悲苦

用宣言预言未来

用信念探寻真理之途

在必由之路

信仰者们，即使在沉沉黑暗中

也紧握着手

他们的手，彼此传导

来源于选择的心语

彼此注视，永不背叛

永不背叛神圣的宣言

泰晤士河

流动的史书，在它最生动的一页

一个名词静默着

一种时刻起舞,一个少女

在烛光里祈福

她是你的女儿

她是在你被放逐的路上

色彩最美的花朵

她表情生动

语言纯净

在必由之路

你的视线中有无数个这样的女儿

她们圣洁,她们单纯

她们需要在无定的风雨中

获得父亲的保护

在她们的一生

都需要公正的时间

与应有的尊严

在我三十岁的时候

在中国南方的一个水城

是十月,我在灯光下一遍遍倾听

一首旋律深切的歌曲[1]

这首歌只有一种旋律

这首歌有不同语言的歌词

这首歌庄重,悠长

让听者热血沸腾

这首歌诞生在法国里尔

你的追随者们

高唱着这首歌

走向牺牲

那一天夜晚

我想象必由之路

说人选择了道路

莫如说道路选择了坚定的前行者

在巴黎到布鲁塞尔之间也是这样

你的往返之路

在你到来之前

已经等在那里

等你到来,等你回返

---

[1] 指《国际歌》。

等你在 1848 年春季
对全世界无产者挥动手臂
从摩泽尔河到莱茵河
从莱茵河到塞纳河
从塞纳河到泰晤士河
桅杆之旗没有降落

从特里尔到波恩
从波恩到柏林
从柏林到巴黎
从巴黎到布鲁塞尔
到伦敦，这必由之路
洒满心智的花瓣

如果没有你
没有基石，旗帜与宣言
在我回望的时光里
将失去年轻的景致
这必由之路将不会出现
我膜拜你的青春

你像河流，你也像火焰

你是人类，在漫长岁月的历程中

精心培育的精灵

被你牵挂的，那勤劳悲苦的一群

这伟大坚忍的民众

在你的呼唤中抬起头来

他们凝望年轻的你

你的眼前是必由之路

你的身后是泰晤士河畔

火焰般的黎明

那席卷而去的

压迫树冠的黑暗，进入时间的山谷

隐伏下来，在枝蔓下面

黑暗变得斑驳。另一种黑暗

退回高墙和城堡深处

退到窗子后面

窥探橘子般的地光

就在那里，必由之路

向远方延伸，在地平线上

仿佛聚拢着人群

必由之路的起点
是你在特里尔摩泽尔河畔
隐约感觉的莅临
飞过空中的大鸟鸣叫着
它没有栖落于教堂的尖顶
它在你的凝望中盘旋
用翅膀在空间画出神秘的符号
在你的感觉里
那种美丽非常接近河水的波纹

在波恩
年轻的你梦见了最美的爱情
一天早晨，你对世界说了一些话
这与疑问有关
你没有质询血统
在强大的基因体系中
有你必须投身其中的必由之路
树木，成为你的近邻

你所梦见的最美的爱情

在摩泽尔河两岸

燕妮美丽的双眼含着清澈

在你的梦里

她发出充满柔情的声音

必由之路

一个伟大的女性激励你前行

她给了你青春美貌

给了你永不消失的营地

在人间万重群山之间

山谷里的人家知道你们的名字

你因此赢得了荣誉和闪光的称谓

丈夫，父亲，奠基者

精神的旗手

神圣宣言的发布者

必由之路的引领人

你被放逐

实际上是一些人恐惧自由的追寻

把你还给了自由

在布鲁塞尔和巴黎之间

你往返的身影印在路上

是叠印,像一层土盖住一层土

像奔赴接着奔赴

像梦幻万里

满目花束

今天

我乘坐的列车穿越深秋的中国

是在两湖之间

我凭窗远眺,一朵洁白的云飘在空中

我要对你说,这是一片

被血与火冶炼的土地

这是深埋着,生长着

一切美好夙愿的土地

这是隐忍的,是多情的

是对往昔时间保持缄默的土地

这是不断给予我怀想与眷恋的土地

在我的背景中

往昔没有走远

那些接受你启蒙的年轻的人

在火热的广州

就如接受精神的沐浴

他们激情澎湃，他们热血沸腾

他们认定，这必由之路

已经被期待太久

他们那么渴望出征

哪怕面对牺牲

那么多年轻的心呐

那种燃烧的状态，毅然

奔赴必由之路的状态

所有可爱可敬的形象

都已凝固在深切的缅怀中

我说这是群体的雕像

敬献给这片大地的最美的语言

是你的信仰者

把一切都给了他们的明天

他们留下永恒的微笑

他们的泪水滴入时间的河流

形成永恒的警示——

不可背叛！不可忘却奋斗的过程

在温暖中，不可忘却严寒

在航船上，不可忘却河岸

在梦幻里，不可忘却

那一双双凝视你的双眼

依然有泪花闪现

是这样的

我们怀疑云上森林

但总会仰望夜晚星辰

我们曾经想，那些先驱

直到被黑暗击倒，心中仍然紧紧依托

不变的信仰

他们会在人间留下最后的语辞

他们倒下，他们永生的灵魂徐徐升起

在夜晚变为星子

这是我们寄托哀思的方式

我们当然希望
那眨动的星子是他们的眼睛

即使走遍东方大地
我们也不会找全他们的名字
他们没有墓地,他们中的很多人
安息在最后牺牲的地方
没有坐标,没有墓志铭
他们叫先烈,其中一些人
被后人尊称为英雄
但是,他们是你的追随者
他们是我的偶像
我一万次地想,假如
假如他们都活着
像很多蓬勃的大树一样
那该多好!他们
是品行高尚的传统
在必由之路
他们是魂
他们始终是存在于天地之间的声音
在更多的时间里
他们无声凝望

无声凝望必由之路
凝望基石，旗帜，誓言
凝望信仰之光
凝望你，特里尔少年
怎样面对摩泽尔河流淌

我凝望你
必由之路的象征
我思考你的人生，一个不朽的引领者
在人间留下的财富
不是广厦，不是都城，不是浮华
是精神光芒所照耀的精神原野
那些行走其中的人
一代接着一代
这条必由之路
希望就是尽头

我凝望你
你的须髯，那森林一样密集地生长
围拢你的五官
你宽阔的前额，浓眉
你多思深邃的双眼

你坚挺的鼻梁
你的微微凸起的颧骨
是的，我几乎看不到你的唇
这是另一个隐喻
只要你启齿，在山海原野
就会留下鹰迹一样的文字
入夜，这些激昂的文字会燃烧
会升腾，会在头顶上方
让旗帜飘动；会让必须献身的人
听到庄严的歌声

我凝望你
那是一个体系完整的世界
在你的脑海，你驱动千帆竞发
是这样的形态让你坚信未来
未来，你的未来
是必由之路的接续
我看到新的曙光
在你的前额肃穆升起
辉映大地

卡尔·马克思

第 十 章

1848年：身影与火焰

火焰与身影
旗帜的两种重现，在这一年覆盖欧洲
那是血脉的长驰
顺着河的流向
回到唯一的故乡

你面对预言中的真实
也是背景，精神的基石
在你的身旁闪闪发光

你曾这样告诉世界

需要一座桥梁,从此处抵达彼处

需要唤醒相近的心灵

热爱向上升起的光

向上,感觉拱形,在那个高度

从容向下,使精神再归大地

去团结更广大的人群

1848年

火焰与身影重叠,语言的锋刃

直刺黑暗;在天上

也有相近的层次

那是阳光和云

每一片白云都镶嵌着金边

这一年

与你相关的事件都已进入典籍

但没有停止燃烧

是另一种火焰

照耀你的身影

你在春天重返德意志

你引领源流到达柏林

火焰的光辉出现在施普雷河两岸

你奔走,从一条河边

到另一条河边

你的1848年

你的春天

在此之前

法国奥尔良王朝[1]倾覆

以革命的名义终结一个王朝

就是以青草的名义歌颂诞生

这是被你认定的,被你预言的

必然会出现的史实

不是心灵选择了方式

是方式服从了心灵

你奔走

你将目光投向更遥远的大陆

在更迷人的精神的领地

---

[1] 奥尔良王朝,又称七月王朝。始于1830年法国七月革命,1848年法国二月革命被法兰西第二共和国取代。

需要源流冲击

1848 年的欧洲

出现了分水岭

我再一次尝试接近

接近你,1848 年欧洲大地上

移动的火焰,我寻着庄严的旋律而来

在无限自由的联想空间

感觉你的凝视和体温

你的伟大不朽的提示与警示

这时间永恒的因子

带动着光明的力量

我接近风起云涌的岁月

我愿意以诗人和战士双重的身份

追随你革命!以此充盈我的一生

你

预言者,革命的践行者

在这一年的欧洲迎接了暴雨

你见证涤荡,火焰与身影

在群山之脊迎接了星群

唯一的故乡

是信仰归属的地方

在那里，每一丝光明都充满了仁慈

人们在道路与道路之间抉择

每一个人都有抉择的权利

站在这一边，或者站在那一边

每一个抉择的瞬间都有尊严

你站在贫苦者一边

从你的少年时代开始

你就用心体味他们的人生和命运

你为此奠基，你在三十岁的时候

已经成为他们的旗帜

故乡

就是用心灵之血浸润的地方

那里生长火焰与身影

那里可以休憩

也可以任怀想自由飞翔

站在中国南方的正午
我凝望天地,你的灵息就在那里
那里,是 1848 年欧洲的春季

我希望觅见光阴的缝隙
在精神的谷地遇见一些人
他们来自你的年代
他们会大段大段背诵
你经典的词语
他们都很年轻,热爱生活
他们行走了遥远的道路
像布道一样,像传播福音一样
他们会对我说,相信吧
只要追寻,你就不会失去故乡

当变为森林的他们
将手臂举向天空时
我听到林涛轰鸣,大地上是落叶
落叶间长着青草
青草间开着花朵

花朵间不时出现翅羽美丽的蝴蝶

我在近旁
我默念几句富有珍珠般色泽的誓词
森林就静下来
我默念,我的眼前仿佛出现
1848年的春天
那是誓词铸就的年代
无数先驱集合的年代
未来!我默念
属于他们的未来
不就是我置身的世界吗
在属于我们的秋天
我尝试复活一些瞬间
一些人,身影与火焰

我想对你说
在世界东方的这片土地上
这里的前人们
习惯于用塔纪念遥远的时间

他们会放入舍利子

放入经书，微型的宝塔

上面嵌满珍宝

他们习惯于修建地宫

将最重要的信息藏在里面

在塔顶的飞檐上

他们挂上风铃

被古塔镇住的

绝对不是往昔心中的鬼魅

而是某种欲望导致的惊恐

而修建地宫的王者

是渴望在地下复制生前的辉煌

他们不管在人世留下什么

能够陪葬的，就会被陪葬

这是1848年的东方

你的身影和火焰

都没有飘飞到这个地方

我是说某一种结构

在数千年里活在这个结构中的民众
无不期待变革
进入地宫的王者
在生前极尽盘剥
兵马俑,战车,水银汇成的河
他没有带走的是民众的苦难
被时间一说再说

曾经远隔重洋飞雪
凡尔赛宫的 1848 年
东方故宫的 1848 年
两种乐声中的王者都奢望凝滞
不是时间,是王冠下的人群
没有发出任何声音

古塔,地宫,冰冷的城堡
山河飘摇
一只苍鹰直入云霄
它从那里俯冲,对千山雪顶
对龟裂大地,对万年尘封

它发出鸣叫

我真切地看见了光阴的缝隙
我看见光,羽毛
活着并静默的魂灵
我看见精美的钟乳倒悬在溶洞
清风进出,脚下流着地泉
我看见1848年东方的雪野上
行驶着马车,我看不清驾车的人
就如我看不清驿使的容颜

可我真的看见了光芒
它迂回,在时间的隧道中
它穿越,它上升,它一直上升到
雪山之顶,在世界最高峰
他开始辉映一个古老的国度
后来,它在夜里成为星星之火
它照亮了长江与黄河

从1848年起

不到一个世纪,你就唤醒了
东方充满智慧的民族
你首先唤醒了悲苦的一群
你给了他们信仰
你在他们的心底
重现了1848年欧洲的光辉

我的遐思在百年之间
1848—1948
百年沧桑,拥有信仰者
在这激越的人类舞台上
将最真的一面展现给土地
将最深的部位献给了信仰
将最美的语言
给了未来的时光

被我赞美的身影与火焰
存在与苍茫
一代一代人,一行一行雁鸣
一季一季风霜雨雪

没有湮灭1848年的沸腾

那是人类世界极致的风景

大幕拉开，就没有闭合

你也没有安坐

你行进在必由之路的途中

阅读你，就会重获启悟

我总是感怀你少年的身影

特里尔的少年

在波恩渴望爱情

在巴黎思考人类

在柏林确认丰碑

我所赞美的火焰

是被你点燃的，我说那是基石

那是旗帜

那是宣言

那是贫苦者积蓄太久的神往

在这个世界里

有一种信仰没有边疆

身影

火焰

星星之火

万山红遍

那么多人呐！那含着眼泪的奔赴

那枪林弹雨中的洗礼

我对你描述东方大地

旗帜不倒

先驱无语

我在时间缝隙看见的光

已经扩散到广大的地域

看见麦穗，我就想到金色的种子

听到风声想到旗帜

看见石碑忆念献身者

阅读你，景仰你

我就会联想 1848 年的春季

那诞生史诗的春季

你彻夜难眠的春季

身影与火焰

两种飘展,萌生于寒夜的羽翼

一种贴伏,一种起舞

在云的缝隙,蓝天,光,深远

对应着的,天与地

两道缝隙,一道闪电接一道闪电

人类移动在地上

幻想移动在天上

其中一道瑰丽的闪电

是你发出的神圣的宣言

你的三十岁的身影

在1848年春季的欧洲幻化为火焰

像山影与山脊之光

像一部长诗渡河

序诗触碰到彼岸

终章存在于人类的生活

在感觉通透的理想中

所有的意象都集合在

投身开凿的过程里

人们在庞大的意象中穿行

他们繁衍,思考生死
他们从一座无形的桥梁上通过
早已忽视亲切的河流

你的三十岁的身影
在幻化为火焰的瞬间
让在河岸观望的人群听到河的语言
开始吧!河说
总要去往一种彼岸的
即使有一个人渡河
我也会告诉你们
他是活着的,勇敢移动的岛屿
活着,移动,望着理想之地
就能逃出窒息

还有仰视
不是保持这样的姿态
就能看见鹰飞九天
1848年,身影,火焰
你这样提示人类

不是保持仰望的姿态

就能听到九天之语

不是这样,在停滞仰望的时候

会感觉到,在厚重的土地上

还有荆棘,有乌云一样的重压

有泪水和记忆

有许多许多人需要被唤醒

用身影带动他们

用火焰温暖他们

用心去热爱他们

用行动去感化他们

用铁一样的真实

坚定他们的心与追寻

这就是结论

1848年春天的气息

已经传递到世界,就如风一样

身影与火焰的形态没有改变

像亲吻一样,在时间的天幕

在宽阔的水面

在丰饶的大地
留下了鲜明的印痕

我曾礼赞高尚的知遇
在一片落叶的秋天
树木没有失去直立的尊严
回首春夏,1848年的生长
伴随着惊雷和雨
那样的呼声也没有远去

1848年春季
人类的奇迹,一个圣婴在欧洲出生
身影与火焰,这双重的护佑
在熹微的晨光里
向世界伸出信仰的手

这个圣婴孕育在河流之间
在黑暗里,在精神世界的赤贫中
你,伟大的人,你年轻的心
在圣婴的微笑里

升腾起积雨云

你是火焰之子
你的身影，在1848年
飘过欧洲精神的荒原
那个圣婴，被你一再想象的
用心智创造的，亲近贫苦者的
历经艰难孕育过程的生命
跟随雨季如期到达泰晤士河畔

这个圣婴未曾穿越地火
这个圣婴诞生在人类伟大的智慧中
在你年轻的眉宇间
我确曾看见圣婴的雏形
通体鲜红

你的身影
欧洲大地上的枫叶
你的写满了誓词的时间
在这一年确认了答案

是火焰！它燃烧在寒夜里
在两颗星体之间，它是飞速的光
在贫苦者的心上
它是激励和安慰

它一直燃烧在人类的意念中
这火焰，午夜不眠的双眼
传导而出的探问
在指尖以上的空间
一定存在更大的星宿
那是一种可能，在精神之地的翱翔者
久久面对人类大地
他要揭示悲苦之源

他要让身影在火焰燃烧时起舞
哪怕再苦，也要寻找一条出路
贫苦者的一生
不能像堰塞湖

那个圣婴引领了一场春雨

这是被你预言的
你在少年的摩泽尔河沿岸
就曾凝望教堂的尖顶
你是特里尔小城的精灵
在深灰色的背景中
你发现羽动
是一片鲜红

那个圣婴
在我呈现给你的诗歌中
就是火焰与身影
这不是两个诗歌意象
这是人类伟大不朽的魂灵
相伴相守相望，这是两个坐标
在精神世界里对比鲜明
这是永远属于你的
是你的基石，旗帜
与神圣宣言的外延
我将此形容为两条长河
这不竭的源流

一直令我们充满了自信

我们敬仰你的心

一直充满了感动

1848 年

你在觉醒的欧洲大地上奔走

该到来的,真的到来了

你给世界留下两个最生动的音符

身影贴着土

火焰迎着风

与天地共鸣

卡尔·马克思

....

第十一章

贫困与信仰

那时
你已经失去了祖国
被你放弃的那个国度,将你放逐
比利时布鲁塞尔将你放逐
法兰西巴黎将你放逐
你,人类之子
在几种语言中艰难突围
你站在海边

在海峡那边
被海洋围住的岛屿深锁浓雾

你要到那里去，在放逐之旅的那边
是莎士比亚的故乡[1]

你要渡海而来去
你的桅杆一样的身躯与灵魂
一再遭受贫困与偏见的击打
当你以火焰的形象
将渡海航行的时间点亮时
海的空域出现了逆风翱翔的水鸟
你在甲板上，你阅读海
侧耳倾听水鸟的鸣叫
那个时刻，在欧洲大陆
仿佛只有海和天宇
还有移动的光辉

你要去的地方
也是哈代和狄更斯的故乡[2]
那里是被血与泪
水与火淬炼的岛屿
在那里，还乡与离乡都是横渡海洋

---

[1] 1849年7月，法国政府对马克思发出驱逐令。同年8月24日，马克思前往英国伦敦。
[2] 托马斯·哈代，英国诗人、小说家。代表作有《德伯家的苔丝》《还乡》《无名的裘德》等。查尔斯·狄更斯，英国作家，主要作品有《大卫·科波菲尔》《雾都孤儿》《老古玩店》《艰难时世》《双城记》等。

你渡海而来去
你迎接注定的风雨
你在艰难的境地中远眺精神的山脉
而你，在我的阅读中
就是移动的山脉

山脉臂展
在人类世界的集体叙事里
舌尖和指尖的触觉感知
生命强大的磁场，严寒和火焰
反向的逻辑中出现语言碑林
密集，纷乱，光明逸入时间之隙
光明也有缝隙
那是暗影，在暗影的缝隙
始终存在着对自由的渴望与抗争

你是走在前头的
你在先哲的背影里看到孤独
血的残阳在西山没有停留太久
之后夜的黑，夜的暗，夜的无眠

你是笃信穿越的

一个夜晚到另一个夜晚

白昼,这光明的桥梁

有人走在上面

有人在下面

有人走在中间,是在未醒梦境

像一只未熟的果子

一半青涩

一半鲜红

你渡海而来

人类的悲苦在一个庞大的群体中存在

他们耕作,他们做工

他们,在另一种海洋里泅渡

你为他们代言

你也被贫困束缚

你在哲学的顶峰对贫苦的山谷呼唤

你进入山谷,迎面就是雨季

转身就是冬季

你若停下脚步

周围就是雪阵

你降生在一句虔诚的祝福里
在你渡海而来的时候
你把祝福给了人类

贫困
精神山谷里崎岖的道路
航行生活之海的飓风
需要引航和灯塔
你预言了一个伟大事业的未来
你的精神世界有星子之树
一蓬根须，一柄枝丫
叶脉般的掌纹
隐喻的命运
这一切，使你的抉择更加坚定
为了悲苦的人类
你体味贫困

你渡海而来

罗盘,测定与航线真实精确

你的海上之旅早已注定

在你燃烧的信仰里

有血脉纯正的高原

你笑对足音诡异

鸿蒙初开的人类之窗已经敞开

再也没有关闭

你在海上凝望那扇窗子

窗子下的墙壁与门

还有原野上的人群

你渡海而来去

庄严的释义在桅杆上方

翻卷的云,风声,谛听,凝眸

放逐你的那些人

没有在这个世界留下名字

也未能留住物质财富

他们是空白空间里的空白

你到来,你就是海上和陆地上的道路

你的身影是一部启示之书

有光相随

在极度贫困里,你对人类命运的思考

具体而深切

每当霞光初现,你面对新的一日

被承袭的信仰就镀上一层新的辉光

在你身后

巴黎和布鲁塞尔黯然失色

还有普鲁士,那个

伤害了你少年之忆的国度

也伤害了特里尔和摩泽尔河

贫困与伤害形如暗涌

或以正义的名义摧残自由

在这个世界,谁听懂了你三十岁的预言

谁就在精神上接近了智者

谁能否认三十岁的理想?

谁能否认一尊信仰的基石

依靠无限广大的人心?

谁能否认贫困中的信仰

具有永恒之光

光辉下的人们在寻求解放

你的英伦之旅

在一个特定的时间里

进入未来的时间

那些驱逐你的人,用黑暗之手

将你推向了光明

是极远极深的天光

在你心灵中的折射,你领悟了

当你选择贫困境遇进入贫困之门时

你就赢得了贫困者的心

这个时候

欧洲也就接受了一个事实

一个不朽的先哲

必将属于人类

最终,他的哲学

会成为伟大的传统

我曾设想重走那条路
从特里尔开始,再回到特里尔
到波恩,柏林,布鲁塞尔,巴黎
到伦敦感觉贫困与信仰
感觉他晚年的注视
那样的深邃与丰富
将多少心愿留在了世界上

至少
我可以感觉他博大仁慈的情怀
在琥珀色的篝火中寄托的遥念
时间之岸,蜿蜒曲折的一线
所连接的人与生活
关于无限,是一句箴言里的天地
人在其间,万物也在其间
它曾预言,关于世界与锁链

我相信被风托起并传递的声音
林涛,鸟啼,海浪,蛙鸣

我相信空中的道路，它通达四季

我相信，人类获得智慧

需要一个契机

我相信你，在贫困和信仰里

你发现和揭示的真理

底色鲜红，背景安谧

你渡海而来

你将在一个古老的帝国

对世界揭开古老的隐秘

你将就《哲学的贫困》[1]

对人类与世界做更深的阐述

你尊重真理

真如你尊重对真理的探寻

在你哲学的核心集合着平凡伟大的一群

后来，我们称他们为人民

你所有的论述

都没有脱离对他们的关注

时间流逝了那么久

---

[1] 1847年，马克思撰写并发表了《哲学的贫困》，以批判蒲鲁东（1809—1865）在1846年发表的《贫困的哲学》。

你离开了那么久

天地没有尽头

信仰的人生也没有尽头

我相信空中的道路

阳光,星光,月光

地球飞行的轨道,光的道路

除了光自身,不会有阻隔

人类信仰的光芒在心灵深处

如果你幻听它的脚步

你就选择了同一种旅途

在伦敦

你投身书海,你投身伟大而寂寞的事业

从来没有谁像你这样感觉世界

感觉世界的良心

应该与那么多贫苦者一道破局

还是推倒一堵无形的墙

让清风进来

让阳光进来

让压抑的心灵获得释放

让所有的微笑都亲近原野

这是你崇尚自由的状态

所有贫苦者的状态

这种状态就在生命与生活中

被分割，被压榨，被驱使

在隐秘之门的那面

你洞悉的真实残破不堪

你绝对忽视光环

在你的时代，你的形象

时而是潜心钻研的学者

时而是执笔冲锋的战士

在伦敦，在人类智慧的河流中

你为贫苦者寻找葱茏的岛屿

与平安的河岸

你的时间是焚烧着的

但不见火焰

在那样的光环下

我可以列举出一些闪光的名字

你就在其中

只有你在孤寂中奋战

你是深陷于贫困的

在贫困中冶炼的信仰

留下了信仰者的指纹

你思想的脉络

已经接近水流了,是奔涌

在信仰的主体上,你的目光投向哪里

哪里就会传来水声

贫苦者

伟大而质朴的人民

在你信仰周围的庞大的群体

河流中的水滴

汇聚成从未有过的光芒

随风而舞,随风而唱

随风融入灿烂的远方

这是你热爱的

你凝望的，你引领的，你呼唤的

人类世界最强大的力量

你说

真的是到来了！他们心灵的觉醒

灿若星群

如果形容大地

他们就是满目山河异香飘逸

催生遍地花开

那时

你在伦敦，你在安宁一隅

你对贫困的深刻体悟

常常让你进入静默

这不是凝滞，这是一点一滴的累积

和一寸一寸的燃烧

你发现新的曙光已经出现在欧洲

在一半安睡一半醒来的世界

新的圣乐交替回旋

你在伦敦的静默中
可你不是与静默对话
当你确认并深深相信
在精神世界,在贫困中
一星微弱的光芒就可以点燃心智的时候
人类掌纹的纵横
这个图形所暗喻的
是无限的可能

你是被流放到伦敦的
你的高傲孤寂的灵魂羽翼丰满
你在伦敦发出了欧洲的语言
你在欧洲发出了世界的语言
你面对世界发出了人类的语言
这个时候,你却深陷孤单

阅读你
必须依赖客观的土壤

这世世代代的繁衍与生息

这思想的肌体，给予了人类

睡着醒来的家园

理解你的忧思，你的备受瞩目的一生

到底给人类世界带来了什么

留下了什么

我们应该珍重什么

必须反复追问

你在极度贫困中创立的信仰

为什么会成为持久的照耀

十九世纪

伦敦，海洋中的岛国阴沉而遥远

这曾经是难以逾越的心理距离

就在那里，你敏锐的感觉触动了世界

当更为遥远的东方世界听到你的声音时

你已离去

阅读你，阅读你在伦敦的三十年

这个神秘的时间概念

我的眼前就会出现特里尔少年的背影

两个三十年

你的两个三十年,在不同的地域

你如潜行,你一页一页翻动时间之书

在重重阻隔中

你听到群体的恳求

我也曾在贫困里经历少年

阅读你,你在十九世纪的路上

仿佛预见了我少年的过程

无数与我一样的孩子

在不懂得悲苦的时候遭遇悲苦

通过文字,我走向你的少年

我看见你在河边

我也在河边

山河

人类,十万重山河任心游走

我们意会到了

不是方式，是对深重贫苦的认同

生长于大地土壤与精神世界的信仰

将某一些东西

轻轻放在流淌的水上

放在你的基石上

放在那个年代伦敦的雾中

如果入梦，我们就一同到达雪山之顶

在那里阅读黑白相间的欧洲

我阅读英吉利海峡

承认波涛，我就会发现旗帜

你的三十岁的旗帜

没有在艰难的贫困中垂降

你渡海向西，你把后一个三十年

给了伟大的世纪

没有疑问

你是伦敦的荣誉，你用三十年时间

在人类普遍的贫困中

向着美丽的信仰之地进发

沿途,你用心构建了精神的坐标

我感觉你站在少年的河边

是因为我真切地

体会到了精神的奔流

这不是幻觉,这是从你

庞大的哲学体系中

飞出的翅膀,我甚至感觉到了

有一只巨鸟,已经降落在

我少年的西拉木伦河畔

三十年

你在伦敦没有脱离贫困

你远离那些光环

你在天问般的探寻中创造了

无可替代的不朽的光芒

在这个过程中

你对世界说——

对于心灵上的磨难,

只有一种特效解药，
那就是肉体的折磨。[1]

我知道
我理解
对于跋涉于精神之旅上的你
　"肉体的折磨"就是为信仰献身

这不会产生误读
你留给世界的经典
已经说明了这种献身
根植于你的生命与信仰
你几乎准确地预言了信仰的走向

是深秋的清晨
我在燕山余脉以北
在老哈河边，我看见谷子成熟了
荞麦地里开满白花
我看见燕山红了
我面对的辽西大地红了

---

[1] 《马克思致燕妮·龙格》，1881年12月7日。

那一刻，我想到回归故地的目的
我是带着你的传记
回到蒙古高原的
我想在我出生的地方
感受你的故地特里尔
你的摩泽尔河，你的
梦幻般的少年的时间

是的
这是记忆最深的红色
是伴随了你一生的色彩
就如鲜血和后来者捍卫的旗帜
那天清晨，我在心底
完成了一个庄重的仪式
在我曾经走过的路上
昔年的古柳已如智者
它依然守望着一条路
在燕山前，在老哈河畔
面对安坐于精神世界中的你
我呈上语言的火焰

卡尔·马克思

....

第十二章

荣誉是这样铸就的

直面欧洲与世界
你从来就没有追求高洁的语言
你远离一切浮华与虚妄
神思直抵未来的边疆

为了信仰
你甘愿忍受贫困与孤独
有时，就你一个人
执笔开凿精神的长旅
从未动摇和游离
在法兰西和英伦之间

英吉利海峡永无止息的波涌
非常契合你的心境

你再也没有回返故国
将你拦阻的，不是一湾海峡
是你渴望铸就荣誉的梦想
让你认定诞生荣誉的领地
在伦敦，海不是围困
海是自由奔放的声音
海潮，一如你的灵魂

在今日世界
还有多少人回望你的三十年流放之路
那是由一寸一寸时间连接起来的
铸造辉煌荣誉的过程
你在冷漠、傲慢与偏见的围困中
遥指人类桅杆之顶

英伦三岛
三个符号，你在其中的一座岛屿上

看护着心灵之火

若你放弃，火种就会熄灭

世界就会失去获得启悟的机会

特里尔少年，你是担负着梦想

降生人间的，你将使命

写在眉宇之间

写在贫困与信仰之间

写在天地之间

那个多雾的岛屿

注定让你从时间的栅栏里破雾而出

让你的每一个文字都幻化为鸟类

人类和天宇就不会落寂

早就该阅读你了

但愿还不迟

我的怀想在特里尔摩泽尔河畔停留

然后到波恩，柏林，布鲁塞尔

这是你当年的旅途

我在不朽而无形的基石下站立

感觉精神的旗帜上有你的泪水
对于我，你开启的史诗之门
从未关闭于时光之海
我久已迷醉的圣乐
伴着史诗的节奏
在不断地演绎奇异

你几乎将自己的一切
都献给了对人类命运的思考
那是对心智的一再粉碎与重合
只有你的心灵
才能体会心灵的苦痛与追寻的幸福

你没有对任何人
更没有对世界提出要求
你近于严苛地要求自己
在绝望，贫困与潦倒中
你相信手的价值，你推动黑暗
光明就闪耀一次
你在内心呼喊一声

火焰就轰燃起来
荣誉就是这样铸就的
在一个多世纪后
你成为一部伟大史诗的灵魂
我能看见的,是你的坚毅
你的血肉之躯,你火热的双眼
你晚年雪一样洁白的须髯
在由这一切所铸就的荣誉里
有你经历的困苦艰难

我的怀想停留在英吉利海峡法国一侧
我凝望你,同时凝望莎士比亚的故国
大西洋无语
被大洋和海峡铭记的
将永远是人类不屈的抗争与劳作
是的,还有歌唱
还有你,在艰难时代铸就的荣誉
已经是人类精神世界
永远也抹不去的印痕

我凝望你

我的脑际跳出两个意象

——海与灯塔

我看见波涛与闪耀,那么生动

我看见守望灯塔的人已经年老

形象那么接近仁慈的父亲

我看到你坐在伦敦的夜里

在灯光下,你久久破解

人类古老而年轻的心情

你的笔下传来鸟啼

我看见你的双眼

噙着晶莹的泪珠

你在那里

你人生的后一个三十年

在岛的隐喻中成熟,你总是

以自己的正面姿态迎接一切

你把厚重的背影留给追随你的人

这就是旗帜,你挺立

旗帜就飘动

这个时期

你就告别诗歌了,你停止诗歌书写

你进入一部杰出的史诗中

你在核心,你钢铁般的意志

与山一样的禀赋

决定了这部辉煌史诗的品质

与你同时代的一些哲人

绝对忽视了你的存在

他们,曾经拒绝倾听你的声音

海峡

巨浪冲击着岩石,我站在那里

我的身后是法兰西,是比利时

这两个流放你的国度

无法撼动你精神的基石

那可能是随处可见的树木

是紧密相握的根系

是时间和预言的手

指引着必由之路

时间之子
在永恒荣誉的秒针上
写着你曾经的隐忍
你在滴答滴答的声音里战斗
你总是对黑暗说：不

如今
这璀璨的一点
成为这部伟大史诗里最珍贵的一部分
我凝望你，我倾听你
我感觉这无比珍贵的一点
就像你明亮的眼睛
我凝望
英吉利海峡，这地理上的天堑
曾是你精神世界的臂弯
它斩断了流放之路
它将法兰西和比利时放在一边
在它的拥抱里

你得以从事这样一种实践
在伦敦的阴霾中
你描述火焰

你描述人类的哀愁如何蛰伏于泥土
或在机器的轰鸣中
将自身淹没于粉尘
你的心中装着唯一的上帝
——人民！人民
你视人民为母
你视人民为父
你视人民为创造真理的道路

在人民那里
在人民中间
你铸就的荣誉诞生于苦难深处
在普鲁士，在柏林
在布鲁塞尔，在巴黎，伦敦
你所面对的欧洲

是一头拖着工业浓烟的怪兽

而人民,则被怪兽裹挟

失去了尊严和自由

你为此论辩

你为此奋战

你为此长时间背对自己的祖国

直到永逝长眠

在铸就荣誉的日子里

你几乎没有敌手

你最大的敌手是那个转动着

工业齿轮的剥削体系

你一再揭穿这个秘密

在这个过程里

白色的雪阵

慢慢堆积于你的头颅

你也不会想到

在一个多世纪后

你浓密白色的须髯会成为

这个世界上最鲜明的象征

像真理与符号,也如预言

你的白色的须髯

衬托着你此生此世铸就的荣誉

它照耀时间,照耀你的未来

它照耀真理,在午夜呈现出血色

它照耀人类,在时间沿岸幸福起居

这就是你

在精神与物质双重穷困的年代里

用信仰铸就的荣誉

它质地无华,它经纬分明

它属于大地与在大地上辛勤劳动的人民

你为之奋斗的全部意义就在于此

在你的年代

除了另一位伟大的先哲

几乎没有人懂得你的理想

他是你精神的手足

他与你在火热的时间里相持

他叫恩格斯[1]

关于荣誉

需要不断地强化认同

认同你们手足情深

共同坚守一种岸,在这样的背景下

时间的速度会慢下来

感觉会沉淀下来

珍贵的东西会凸显出来

在被我们视为往昔的地方

你们留下了梦想

永恒荣誉的果实结在精神之树

人间出现苦难

它就会发光

你几乎没有敌手

离你最近的阻拦是时间之锯

岩石切割水流

---

[1] 《马克思致燕妮·龙格》,1881年12月7日(1882年6月4日)。弗里德里希·恩格斯(1820—1895),德国思想家、哲学家、革命家,全世界无产阶级和劳动人民的伟大导师,马克思主义创始人之一。马克思逝世后,将马克思遗留下的手稿、遗著整理出版,并众望所归地成为国际工人运动的领袖。

在渡海之前
你在布鲁塞尔就听到了那种声音
那是某种强大的力量推动黑暗
他们希望让时间停在原处
什么也不要改变

那一天夜晚
你在黑暗的围困中
一切都近在咫尺,寒冷,漠视
几颗星星挂在天幕

你听到了
还有另一种声音
它来自世界深深的呼吸
后来,我们将这种呼吸称之为记忆

人类
群体,生存,记忆
当你决意铸就荣誉的时候
你的感念瞬间超越了时间之锯

在绝对高于它的层面

你看见了云

还有人心

永恒的荣誉就是这样铸就的

在荣誉之树的根系

你浇灌了一生心血

你的气质，这不朽荣誉的幻化

来源于特里尔清晨的景物

一切有序的，亲切的

一切真实的，可信的

一切眷恋的，珍贵的

一切怀想的，梦中的

在那个清晨激励着你

一切都在推动着你

让你举起双手又放下

为了一条无限远大的路

你尝试与摩泽尔河无语分离

我崇敬那个起始

我懂得一个多思少年的目光

在清晨越过树冠后的想象

他是注视晴空的

他的身旁是清澈的河流

我崇敬那一时刻

你，接过示意的少年听到了遥远的世界

你隐隐地感觉到了

有一种苦难正在蚕食人类的肌体

你要到远方去

去追寻，去献身

去铸就命中的荣誉

把荣誉留给人类的命运和呼吸

这是接续着的

像河一样，像群山一样

也如云海起舞于天穹

我却联想到你的足迹

在伦敦

你少年的想象回归一条河流

就是那个起始,你铭记着

你此后的抉择都依赖最初的领地

早熟者!因为寻找

你曾忍受煎熬

因为奠基,你投身凄风苦雨

因为旗帜,你放歌流放之路

因为荣誉,你甘愿终生

守着信仰与孤寂

在波恩

你少年的爱情已经燃烧为火焰

这是另一个背景

我对不朽荣誉的叙述尊重史实

从对一位杰出女子的强烈爱恋中

你用心贴近柔软的世界

你将此视为恩赐

并将你的爱人视为世间

一切美好的集合与象征

她的出现与存在

后来成为你铸就荣誉的巨大推动

永恒的女性,

引领我们上升。[1]

就是这样

你,在特里尔获得爱情的人

感觉母性的光辉润泽柔美的时间

在那里,不应有冷漠与黑暗

你感激她!这美的化身

她的气息覆盖你

你从中超越,在更大的气场里

你逐渐接近了人类和真理

这就是为什么

在你初次被放逐的路上

她跟随着你

你回望着她

你们同赴天涯

我凝望时间之岸

心怀虔诚,我进入荣誉殿堂

---

[1] 歌德歌剧《浮士德》中的诗句。

这里只有你永生的灵魂
你的微笑镌刻在夜晚的天幕
那些明亮的星子不是点缀
那是银色的光芒
照耀你置身其中的屋宇
在这无形的建筑上
飘扬着你的旗帜

对应你广大的精神世界
你辉煌的一生被囿于欧洲一隅
可你开通了光明的通道
在你缜密的逻辑中
爱活着,美好的一切就都活着
爱,就是真理
是你铸就的荣誉

这样的荣誉
是不需要重铸的
也不可以动摇
你,伟大而睿智的人

将当年悲苦的世界阅为沧海

相隔英吉利海峡

你被流放的三地

三个貌似高贵的国度

曾经让你体味冷漠与凄苦

你在伦敦坚守了三十年

你忍受了三十年,这个过程

因你铸就的荣誉

如今在时光隧道里闪烁

像纯美的黄金藏着密语

——让世间一切悲苦

永无归期

想象着

你带着妻子儿女走在回乡的路上

你对他们说了很多话

唯独不能说曾经的围困

是秋天,大地一片金黄一片鲜红

你未老,你的目光仍在燃烧

这是你祈望的生活
人类世界应有的生活
在你铸就的荣誉里
这是底色

可是
你永远留在了英吉利海峡那边
我的想象抵达伦敦
我追寻你，从夜晚到清晨
三十年，你在这里沉思
你在这里，你的形象
在时间的流动中
形成人类精神的岛屿

是的
在铸就荣誉的岁月里
你拒绝华丽高洁的语言
你崇尚自然与真实
在伦敦，你曾是一条隐秘的河流
后来幻化为强大的气韵

你的思想飞升

那无比坚韧的翅膀

托着永恒的荣誉

你铸就的荣誉已经赢得广阔的天宇

它如细雨般洒向大地

你，活在荣誉里的人

以这样的方式走遍了世界

你永远也不会归隐

永远也不会再被流放

你将被永远敬奉

你是基石，你是旗帜

你是信仰，你是荣誉

你是全世界无产者

永恒的希冀

卡尔·马克思

第十三章

典范：巨浪中的航船

后来
后来无数的人们惊喜地发现
在阴沉的欧洲
有一盏灯亮了

有一艘航船逆浪而行
在驶过英吉利海峡时汽笛鸣响
进入大西洋

启碇
这破冰之旅，向着未竟的天光行进

你的意念冲破世俗的藩篱
如一柄利剑直刺阴霾

得道者
你蓄积力量的源泉
蓦然呈现在天空之下
几乎所有的植物都抬起了头
你在伦敦的夜里站立
仿佛在目送什么，你知道
逆风的航船会驶向远方
你热泪盈眶

用时三十年
你没有在欧洲设立一块界碑
你走到哪里，你思想的疆域
就扩展到哪里
像光一样移动
也像水流

你是在目送一个年代

走向未来无数个年代
精神的航船，用信仰和黄金打造的完美
你一手养育的婴孩
已经离开了欧洲

那夜
我所看到的奇迹不是雏形
它血肉丰满，虽历经磨难
终不失一丝尊严，它是被长久期待的
曾经深埋于岩层的地火

我听到你说
一切萌发于心灵的，人类的所求
非常接近植物的叶脉
热爱阳光而饮地泉

在你异常敏感的心灵中
世界是个家庭
所谓典范，是以高洁的人格
尊重人民这一概念

这有史以来不断劳作的群体
其中的母亲、妻子和女儿
她们理当美丽如初
远离任何污毒

被时间无声汇聚的
古老哲学的智慧与勇气
在你的沉思里结晶,这不像宝石
这是一天天成长起来的血子
是灵异,从不惧惊恐
这是人类世界不可轻慢的
无限激越的搏动
迎向跳动的黎明

必须尊重诞生
在 1848 年后,必须尊重你的抉择
这没有被流放击碎的诞生
重重苦难挤压就是它的胎盘
不说重量,说了,也就轻了
苦难没有重量

在十九世纪的欧洲

对你的排挤也毫无重量

靠近你的一些瞬间

就会感受布鲁塞尔异常寒冷

你曾经在那里举起精神的火把

让世界看见你三十岁的人生

看见纯粹,坚毅

透过时间,看见

特里尔少年的笑容

在你最柔软的部分

你精神的纹理清晰可见

阅读你,就如阅读神秘的掌纹

我是说道路,或航程

神圣的时间注定会相遇在时间中

你为此奋斗的一生

被投放在记忆的大幕上

你的航船刚刚进入新的码头

无产者

这集体的称谓,不能不使人

一再联想充满仁慈的劳动

在布鲁塞尔,在你横渡

英吉利海峡的前夜

你将最美的心愿

轻轻放入了灵魂的扉页

我听到驱动

是细微的,如虫鸣的声音

我知道,你启程了

你是向着海洋而去的

那一刻,你三十岁的人生

被午夜深深纪念

我知道

你不需要华美的修辞

英吉利海峡,两片岩石之间的水

可以想象为自然之泪

在那样的苍茫中

你高举心念

亦如风帆

总觉得这个世界欠你一声问安

为了倾听你

我选择重返蒙古高原

独行秋夜，我远望燕山

我的耳畔风声阵阵

大地沉寂不语

仰望星空，我的目光停在银河

任怀想飞向英吉利海峡

你是背负着责任和梦想渡海的

你给布鲁塞尔留下了预言

唯独没有一丝幽怨

你

年轻的奠基者

人类未来伟大不朽的引领者

在渡海的瞬间回头一望

那是欧洲的东方

你的旗帜与信仰的故乡

世界和人类应该记得
那一年,那一天
在你被流放的欧洲
黑暗已经蔓延了很久
你莅临,你抵达伦敦
那里已经聚集了很多哲人
其中就有俄国的赫尔岑[1]

可是
欧洲和伦敦似乎都没有觉察
有一艘航船已经驶入泰晤士河
船艏亮着 1848 年的灯光
欧洲和伦敦都不熟悉船长

你在伦敦关注法兰西
在欧洲发生的一切事件中
你辨析其中的缘由
你从未怀疑,一个新的年代开始了

---

[1] 赫尔岑(1812—1870),俄国哲学家、作家、革命家,被称为俄国社会主义之父。

像火焰一样
像风一样

这一切的来源
萌芽于冰冷大地上的理想
正在冲击沉疴与藩篱
在海峡那边出现了风暴眼
正在移向法国海岸

在欧洲出现觉醒之后
你寻找致命的残缺
你所面对的是一个精神体系
这个体系依附不同的群体
像走在不同道路上的人
不会抵达相同的目的地

你在伦敦
你精神的两翼是德意志和法兰西
就在那里，已经发生的
正在发生的，即将发生的

飞速叠印于你的脑海

流放的穷困与悲苦

与你如影相随

这不是你的选择

你的选择是在自己的悲苦中

为无数深陷悲苦的人

找到一条脱离悲苦的道路

你经常坐在没有灯光的房子里

你也没有食物

在你所有的东西上

都落满了尘土

直面黑暗,你接受冶炼

在这样的艰难里

你没有放弃打造信仰之船

典范

是在忍受悲苦的献身时完善的

你,天才的人,骄傲的人

在这样的过程里

含泪送别三个分别夭折的儿女

1855年

你最亲的儿子埃德加不幸夭折

你为八岁的儿子送行

在写给精神手足的信中

你悲愤的情感宣泄而出——

我经历过种种不幸,

但我才知道,

真正的不幸是什么……

这些天我经历的一切磨难时,

我想到了你、你的友谊

还有我们在这世上

也许能做一些合理的

事情的希望

才让自己没有倒下……[1]

谁能理解一位父亲伟大慈悲的心灵

---

[1] 1852年9月8日,马克思致恩格斯的信。

谁能否认这种献身
谁能怀疑苦难铸造的信仰
在十九世纪欧洲的浮华中
谁在忽视遍地哀痛?

赤贫
极端的困苦,这两扇紧闭的黑门
未能将你囚禁
关于典范,是你从未失高洁的品质
即使忍着剧痛送别夭折的后人
你也没有降下精神之旗

今夜
我在精神上仰望你
我恐惧想象你所忍受的磨难
是需要以信仰的名义纪念你了
当你为一切贫困者所思的时候
你焚烧着自己
这寒夜之火
这深刻的隐喻

如今已经隐入壮美的星群

真的难以描述

你的三十年被流放之路

你的在伦敦的岁月，一切感知的

悲痛的，苦苦寻求的

在远方不时闪现的真理

你能触到的，那种光芒

一直在你悲苦的心上

人类无产者巨大的悲苦

一直在你的心上

面对喧嚣，你选择静默

我是说你的目光

始终凝望着阳光海岸

在那里，停泊着你的航船

面对世界

你选择艰难

你是可以避免被流放的

你是可以留在特里尔的

你本来可以将平稳的生活

留在摩泽尔河畔

可你听到了呼唤

你服从,你就将自己和亲人的一生

交给了属于未来的时间

未来的时间啊

是你梦幻般的理想

通过很多很多人

在人类世界完美实现

典范

我对今天的夜晚说,那是金黄色的

那是精神巨塔上的铜铃

辉光柔和,它绵长的声音

一直保持铜的品质

它来源于山体,历经冶炼

它的光泽中有水的波纹

典范

人类挺拔的树木与身躯

那不是景致，那是集合了
一位伟大先哲智慧的呼吸
有时均匀
有时深切
有时无限轻柔
透着平易

无须选择语境
我与你说，在东方秋天的夜色深处
感觉你曾经的一切就在近旁
我想送一袋米给你
送一桶酒给你
送你烟丝，送你一盆炭火
我想站在你的身边
看见你生动的手势
如果可能
我想听你阐释信仰
或者，我们谈谈你年轻时代
为爱写就的滚烫的诗歌
在后来艰难的日子里

你放弃了这种艺术

你投身于激荡的洪流中

你奠基,你举起旗帜

你被流放,你品尽万难

你把最美的诗歌给了青春

你将最深的目光

给了真理之门

然后

我会把你的传记给你

我会请你签上名字,我会说

向你致敬!伟大的智者

在东方银色的月光中

至今活着你的魂魄

为了接近你

我选择在道路上理解你预言的道路

我甚至想选择一种困苦的境地

理解你曾忍受的艰难

我会感觉你的风度

可以在思想与现实的暴雨中疾行

可以深怀呼唤和激愤

但不会选择仇视

穷困

不是身处生存的夹缝

是被无形的巨石压迫着

你执意开凿的，就是从巨石中

赢得通向光明天地的途径

典范的意义是这样的

即使遭遇暂时的失败

你也没有失去风度与气节

面对世界与人类

你仍然这样说——

只有浸过了六月起义者的鲜血之后

三色旗才变成了欧洲革命的旗帜

——红旗！

因此我们高呼：革命死了！

——革命万岁！[1]

---

1 马克思：《1848年至1850年的法兰西阶级斗争》，《马克思恩格斯文集》，第二卷，人民出版社，2009年，第105页。

这些文字的重量和色泽超过了黄金
它也超越了人类对苦难的认知
典范,是你从布鲁塞尔的监狱里走出来
向这个国度投去一瞥
但没有失去对信仰的表达

典范
是你在任何境遇中
都没有停止铸造理想和信仰
是1848年3月3日傍晚
是那个时间的布鲁塞尔
对伟大先哲的迫害[1]
是你带着妻子儿女前往巴黎时
对一条曲折道路的洞悉
是你,在艰难时世中
准确预言了这条路的远方
那样一种辉煌灿烂的前景

1848年3月
在巴黎,你和你精神的手足
共同起草了神圣的宣言[2]
典范,就是你们在疏导河流

---

1 1848年3月3日傍晚,马克思接到了比利时政府发布的24小时离境驱逐令。
2 1848年3月21日—29日,马克思和恩格斯一道起草了著名的《共产党在德国的要求》,制定了共产党人的政治纲领、战略和策略。

让航船驶向广阔的水域
听水手们在天空下纵情歌唱
典范
是你心怀远大理想
在异常艰难的过程里守住薪火
忍受饥饿、寒冷、流放
一生一世终于信仰

典范
就是你以强大的精神气度
战胜了一切苦难
你当然就战胜了冷漠的伦敦
那种颠沛流离的时间

在这个背景下
所有的一切都变得清晰起来
你的抉择，你的智慧，你的献身
你的笔耕不辍的夜与昼
典范，就是那个充满幻想的特里尔少年
在欧洲大地上读懂了火焰

巨浪中航船
就是这样破雾而出的

它复活于深重夜幕

曾经面对坚硬与寒冰

它曾经是从目光中流淌的语言

但没有声音,它的色彩

曾经是苦难的色彩

它在一个庞大的体系里

曾经显得微不足道

典范,就是你以不可战胜的意志

让一些花儿开了

让一些灯亮了

让无数人醒了

典范

就是必须让后来的人们

在喧沸的尘世中

珍重你伟大不朽的心智

就如我,为了感觉你博大的胸襟

在秋天的某个夜晚

毅然重返美丽的高原

在那里眺望你的身影

我依托东方世界逶迤的燕山

卡尔·马克思

第十四章

中国：活化石

在桌子开始跳舞以前不久
在中国，在这块活的化石上
就开始闹革命了[1]

必须把这个预言珍藏起来
1862年夏天
在《中国纪事》中
你用形象的比喻阐释东方命题
那是另一种坚固的结构
已经存在了数千年
在那个夏天的夜晚

---

[1] 《马克思恩格斯全集》，第15卷，人民出版社，1963年，第545页。

你对世界说

"在桌子开始跳舞"[1]

在此之前,东方必然会发生巨变

必须记下这个细节

你在伦敦,关于万里长城这个象征

你描述如箭,那是飞着的

那是响着的,那是东方凝固的波涛

必将某一种罪恶终结于一瞬

在欧洲大革命之前

发生在东方大地上的战争[2]

充满鸦片的气味

当坚船利炮硝烟四起

你看见一个日渐衰落的王朝

在万里长城内喘息

但是,在英国伦敦

你这样警示世界

列强们!你们不是胜者

你们已经惊醒了中华帝国

1　19世纪50年代初,欧洲的贵族和资产阶级中间流行降神术之类的迷信活动,其中之一就是在桌子上跳舞。
2　指鸦片战争。即第一次鸦片战争。英国经常称之为第一次中英战争或通商战争,是1840年至1842年英国对中国发动的一场侵略战争,也是中国近代史的开端。

为此，你们将会咽下苦果

你描述了最为保守的巨门

在它开启后，幽灵般的鸦片涌入其中

这是以国家之名推行的

极其肮脏的鸦片贸易

每一块烟土都刻着邪恶的符号

英国，这个以绅士自诩的岛国

在东方古老的大地上

散布了令人恐惧的精神瘟疫

在古老中国

这邪恶的鸦片战争

改变了很多人的心灵

八年后，欧洲大革命爆发

这民族之春，这人民之春

这源自西西里岛的火焰[1]

旋即点燃了大半个欧洲

关于中国

这活着的化石

你对欧洲列强的提示是

---

[1] 1848年1月，西西里首先爆发了反抗国王费尔南多二世专制统治的革命，迫使他赋与国民一部宪法。这引发了亚平宁半岛上的人们纷纷争取自由主义和民族主义。3月18日，米兰及热那亚亦爆发革命，迫使奥军撤出该地。

在长城关隘巨门内还有无数城门

紫禁城还有宫门

宫内还有午门

还有许许多多看不见的路径

哪一条都有可能断裂

哪一条都有可能畅通

中国

是一个历经苦难洗濯的种族

长城不过是另一种提示

回阅史实,这个种族

在人类历史中锻造了自己的灵魂

她保留了最古老的基因

在她原始的特性中

你会看见神话起舞

她起源久远,分布于

东方山河大地之间

她顽强延续,永远也不会灭绝

这个伟大的种族

其中的绝大多人

会说一种美丽的语言

他们也会书写，他们的文字

就如东方古国卯榫结构的建筑

他们会以自己的方式接受

他们会以自己的方式拒绝

他们会以自己的方式表达

表达东方种族含蓄的情感

或不加掩饰的憎恶

这才是你关注的中国

七月王朝覆灭后仅仅两年[1]

大清王朝道光皇帝驾崩[2]

总会有一些人

有一种历史

有一类事件

相遇于距离很近的时空

是相遇，但不会如手一样

紧握于时间的某一个节点

那是临界状态，在道光之后

这块活着的化石换了主人

---

[1] 七月王朝，又称奥尔良王朝，1830年至1848年统治法国的君主立宪制王朝，始于1830年法国七月革命，1848年法国二月革命后被法兰西第二共和国取代。

[2] 道光，清朝第八位、清军入关后的第六位皇帝（1821年2月3日—1850年2月25日），计用道光年号三十年。

这是一个悲苦的人

在二十岁时登上王位

在三十一岁时撒手人寰

这个王者年号咸丰[1]

你在伦敦想象的

你在精神世界里看见的活化石

是闪闪发光的中国

她拥有最勤劳的人民

拥有金子一样的河流

拥有气象万千的诗词歌赋

拥有丰饶的高原

每一座山峰都举着神圣

她的历史，在漫长的时间中结晶

有节日的幸福

也有生存的哀愁

咸丰

从这个年号开始

古老中国进入最后的黑暗期

---

[1] 咸丰（1831年7月17日—1861年8月22日），清朝第九位皇帝，定都北京后的第七位皇帝，清朝以及中国历史上最后一位拥有实际统治权的皇帝，也是清朝最后一位通过秘密立储继位的皇帝。

那些从马背上跳下来的人

他们在一个典雅的古城里享乐

自封为贵族，他们掠夺土地

将白银堆积成坟墓

他们最后的结局就如飓风过后的沙尘

落在土地上

落在宫殿的龙椅上

落在金砖上，落在野狗出没的废宫

落在被觉醒了的民众

彻底遗忘的地方

成为荒草丛生的废墟

你看见了活化石

那闪闪发光的中国

是无数人的心灵朝向红日

泰山日出，长城日出，黄河日出

长江岸边的人家

从未停止耕种

数千年

这块活的化石被绑在一个巨轮上

发出吱嘎吱嘎的声音

巨轮圆盘内的每一条木头都沾满泥泞

这封建的结构束缚人的想象和创造

它遮挡化石的光辉

它让一个古老智慧的民族深陷窒息

1850年的中国

一驾马车已经驶入深谷

就像进入迷宫一样,那里的人们

谁也找不到驶出迷宫的出口

这个时候

你对东方发出了预言,居然那么准确

鸦片战争,英国舰船上的火炮

指向活着的化石

异国的贵族们穿着马靴

站在甲板上,蔑视没落帝国的贵族

他们没有扬言决斗

却对其极尽羞辱

这些贩卖战争的人
在东方古国轻慢了广大的人心
他们挥霍时间,践踏孩子们的目光
他们将诅咒一样的剧毒
投放在一个民族的肌体上

所以
你才预言,当他们摧开长城之门
他们一定会看见异象
那是一个伟大不屈民族的灵魂
闪闪发光
那是海洋

你说,那将是
社会变革的前夕,依赖舰船和鸦片的人
将会在亚洲逃难
因为他们所摧开的
是一道精神堡垒的大门
你们点燃了火焰
就会被火焰烧灼

那是活着的化石

你们不可荼毒她美丽的眼睛

你们要尊重她的泪水

她泪水中永不会死亡的恳求

这不可凌辱,你们不可用傲慢的双手

试图颠倒她的春秋

她的恳求不是乞求

她是世界东方不可缺少的存在

她就在那里,她无限古老

但她的血脉正值青春

这活化石,会以最为精美的纹理

告诉世界,她微微动一下

就会形成不可摇撼的群山

而这里的人民

就是无边的树木

这活化石

在中国灵魂最核心的位置搏动

像东方璀璨诗歌的诗眼
聚拢在周围的，在柔美臂弯中的
是这里的土地和人民
还有迷人的习俗
东方臂弯
天山，秦岭，燕山，兴安岭
巍巍五岳与海岸线
在活化石内，这强大的基因
可以将迷雾推到海洋那边

1850 年
东方紫禁城里发生巨变[1]
你在欧洲，你和你精神的手足
那个叫恩格斯的智者
一同预言了东方的可能
可能的觉醒，另一场巨变
在长城内外，即将传来滚滚雷鸣

五十年后
被你们预言的风暴真的到来了

1　指清道光皇帝驾崩。

八国联军攻陷北京

圆明园被焚毁,那冲天的火焰

同时焚毁了列强的虚伪

1911 年 10 月 10 日

中国诞生了辛亥革命[1]

武昌起义爆发,觉醒的中国

在一夜之间推翻绵延了

两千多年的封建帝制

这闪闪发光的活化石

对整个世界发出了怒吼的声音

世界是一个整体

一切诱因相连,一切如水

如涌流岩层的清泉

这是切不断的,更无法隔绝

在天空中飞翔的尘埃

永远都能感觉到土地的温馨

天上有云

那里有根

---

[1] 辛亥革命,发生于中国农历辛亥年(清宣统三年),即公元 1911 年至 1912 年初,旨在推翻清朝专制帝制、建立共和政体的全国性革命。

1848年欧洲革命

1911年中国辛亥革命

法国七月王朝倾覆

中国大清王朝倾覆

在这之间，你伟大的预言

一一得到应验

无产者，受苦的人

一俟形成烈焰，就会辉映人间

你说，他们失去的

只能是锁链

而东方圆明园上空的火光

只能象征强横与封建的终结

那里会长出新的青草

草丛里会出现新的低鸣

中国，历经冶炼的活化石

不会因此丢失光泽

她会目送最后一个封建王朝

在美丽天光的尽头无声消隐

她会以更加温暖的光芒

照耀自己的人民

活化石
觉醒,革命,在精神的废墟上
重建尊严与幸福
剔除恶疾,敞开大门迎接来风
在长城内外的国土上
消灭剥削与贫困
这是你用一生时间
为人类追求的理想
你所有的奋斗和忍受
就为这个神圣的理由

在伦敦
你真的读懂了东方民族的思绪
如熟读群山雪线
以怎样的蜿蜒贴着近空

在东方
在山脊雪线消失的地方
展现广袤丘陵,很多人活在那里
那里,是大地深处
那里活着世道人心

活着亲情人伦

这是一个在一张彩纸上
就能够剪出一幅美丽山河的民族
东方的窗花总是迎着红日
这个民族的族谱
刻在他们自己的记忆中
他们繁衍,他们劳作
他们隐忍,他们感恩

他们感恩土地的赐予
在家园精耕细作
他们遵从孝道,像爱护眼睛一样
爱护自己的后人
他们在时间中创造的文字
几乎接近了宇宙的结构
即使在典籍中静着
也会感觉到起舞

中国
活化石,她品质内敛
她闪闪发光,是因为希望
从未在这片国土上泯灭

在这里,只要在原野上
发现浓密的绿荫
就会发现生活的族群

1860年
八国联军轻视你的预言
这些强盗尝试粉碎这活着的化石
他们来了,他们走了
这活着的化石依然完美
她长存于东方的天空下
以其光芒,辉映着中国的道路
而那些纵火烧毁圆明园的强盗
却在世间和时间里
留下了永远的耻辱

如果我活在那个年代
我会以男人的身份与他们决斗
如果我幸存,我会将最后一支箭
射向强盗们逃难的背影
然后,我会面对圆明园烈焰
垂下悲愤的头颅

在那个时刻

我是不会感到骄傲的
如果我听到了你的预言
我会点燃心智,我会以另一种姿态
参加壮美的斗争
我会亲近珍贵的信仰
哪怕是去奔赴牺牲

我更不会犹豫
在精神上追随你,面对阴暗
我不会做一个虚伪的绅士
我要选择做一个战士
直至献出最后一息
现在
我要描述这块活化石的形态了
由西向东,也就是由高向低
一江一河分流入海
在最高处,在人类地理概念之巅
珠穆朗玛终年积雪
这是中国,是活化石
最生动的象征,它的肃穆
在一派高洁中显露
仿佛在俯瞰众生

由北向南

从广袤的草原开始

道路穿越燕山，泰山，衡山

到达平原，过淮河，长江

沿途坦荡，鸟语花香

这是中国，是活化石

纵向的景观，是主体部分

从中可以觅见久远的图腾

中国

活化石，在她横向与纵向的交叉点上

是激荡的心灵

是一个伟大民族誓死守卫的核心

说日出东方，心有所向

就是这个地方

阅读你

跟随你走过苦难的岁月

我就在你的预言里看见了中国

那是 1848 年的中国

那是 1860 年的中国

那是 1900 年的中国

那是 1911 年的中国

那是中国最后一个封建王朝
彻底退出历史舞台的中国
在你辉煌的预言里
那是觉醒了的中国

我对你描述中国
这永存生命的活化石
是为确认这血脉基因
不说长城,那过于沉重
只说青花瓷瓶体上的气韵
那活着的美与灵魂
就该为觉醒感恩

无限感恩你的关注和陪伴
你预言的手指轻轻抚摸东方的江山
你在这里留下了体温
是精神印痕,这巨大的激励
一直是无可替代的警示
不可忘记! 1860年圆明园的灰烬
还没有完全消失
需要铭记! 无论面对阴霾
还是风和日丽

感恩中国

这活着的化石,至今敬奉你的英灵

在十九世纪的伦敦

你关注东方的目光那么深切

在那个过程中

你几乎遗忘了自己的苦痛

伟大的智者

你恩赐东方,你恩赐黄金密语

你只用一个手势就引领了旗帜

在旗帜下,一个信仰的群体宣誓

他们要用生命追随你

他们生于中国

他们热爱中国

他们是活化石

是忠贞不渝

是永生永世

卡尔·马克思

....

第十五章

无价的遗赠

如今
很多往昔的先哲都已落寂
包括你的同时代人,那些曾经
渴望活在思想顶峰的人
已经远逝,影响甚微
时间之门已对他们永恒关闭

你已涅槃重生
我愿用佛教用语形容你精神的存在
你活在无穷的空间里
你的基因被信奉者传承

在追求生存真理的人民的内心
你的形象是父亲，是祖父
是门前通向远方的道路

你早已不再属于欧洲
你不会再遭遇流放，忍受孤独疾苦
从一个国度到另一个国度
在我们遥远的凝望中
你花白的须髯迎风飞舞

你属于人类了
我知道，一定有人心存异义
这没有关系，你已经存在于
人类记忆的海洋中
这已经难以分开了
在每一滴水里
都有你的思绪

你用语言和哲学建筑的峰峦
永远也不会降低海拔高度

你的被反复锤炼的灵魂

已经具有钢铁的质地

但光滑细腻

纹路清晰

你这一生

从未偏离少年时代的梦想

在你的降生地，在德国特里尔

从世界各地到来的人

只要保持思想的平衡

就会对你仰视，他们面对的

是你不朽传奇的注视

你在微笑，那么平易

你不会认同朝觐

你会接受对真理的感知

我理解你的骄傲！我知道

在你艰难活着的时候

你为贫穷民众燃烧了多少心血

今天的他们就会给你多少崇敬

他们，是你辉煌思想的血脉一族
这人类庞大的群体
如今分布在世界不同的一隅
他们到来，他们虔诚
他们将你的故居
视为信仰的圣地

在我的时代
如果有谁通读你的典籍
我就愿意与他探讨人类的真理
我会选择论辩，面对今天的世界
我会勇敢面对
绝不逃离

阅读你
我忠实于自己内心的声音
就如阅读沧海，我敬灯塔
阅读春天
我敬葱绿

如果我们承认一种火焰

它给了我们以真实的温暖

我们就该寻找燃烧的起点

是如此客观的态度

决定了我们的行为

在人间，每一个人

都会直面自己的分水岭

都会做出属于自己的判断

雨落远山，雪落远山

河分两岸，人间炊烟

只有最真最深的怀念

才能使人类珍重呈现

我确认了

你伟大的灵魂没有返回故里

你伟大的灵魂也不仅仅属于你的故里

你伟大不朽的灵魂

在人类精神无限的境地中

已经获得了永恒驰骋的可能

这是未竟的旅程

依然朝向美丽的光明

是啊

除了典籍,你没有留下遗嘱

你的心血,你的泪

你的贴着人类肌体的情怀

曾经期盼一场大雪

你想借助遍地洁白

涤荡世间污浊,在那样的想象中

你的岁月,那难以尽述的艰难历程

凝结为雾凇,随着清风微微摇动

在人类精神的星空

在你留下的光辉里

至今回旋着这样的声音——

这里必须根绝一切犹豫;

这里任何怯懦都无济于事。[1]

你就是这样献身的

---

[1] 马克思:《政治经济学批判·序言》,《马克思恩格斯文集》,第二卷,人民出版社,2009年,第594页。

在这个星空里,湛蓝色背景上
缀着闪耀的星子
它们依次排列,清澈有序
你的《伦敦笔记》[1]
这二十四颗星子
就如二十四种精致的手工
每一颗都属于未来的人类
总想尝试
让时光回返你曾经的生活
那充满了战斗激情的岁月
在誓言初定时,你紧紧挽着爱情
你最亲爱的人,妻子
你的不幸夭折的四个孩子
你的活下来的三个女儿
所谓命运,是在无法抉择时
必须做出抉择;在不能承受时
必须承受;在需要怀念时
必须说出泪水的语言

重返高原后

---

[1] 从1850年9月到1853年8月,马克思在英国伦敦潜心研究政治经济学,摘录了23本笔记,称为《伦敦笔记》。

在一个清晨,我的前面奔过一匹蒙古马
我想到它一生的距离
就是这草原

我是带着走向你的心愿重返的
望着飞舞的红色马鬃
还有燕山,我想给写你一封信
就从我站立的高原开始吧
在我的凝视中
你刚刚三十岁
你那么年轻

如果你真能遇见一个人
在我的时代里潜心阅读你的经典
我就会感觉到对时间的尊重
这个人将是我的同道
尊重所有,尊重所求
尊重血脉长驰
不可忘却源头

一个阶级
当你这样为一个庞大的群体命名时
基因就形成了
那一天,你的脑际出现行进的人群
他们目光热烈
紧握着双手

那是普天之下的无产者
在一个新的概念下集合
那是精神聚集,像世界融汇的水
他们看见你,年轻的火焰
在基石上燃烧自己
你说,你们看呐
就在不远的近空
即将出现壮美的鸽群

我在高原听到了
预言诞生的时刻,在欧洲
一场春雨横扫海岸
英吉利海峡浪涌风疾

那一天，你在法兰西
在一个必然的过程里
你将最好的礼物送给了人类

在信的起始
我想对你说，高处有芳华
低洼地带有人家
喜马拉雅，地球胸前最素雅的花
花香溢天涯

我要形容你年轻的信仰
以怎样的方式影响了世界
在孤寂一隅，一如在雪峰之顶
所有的一切都在云海之下
人间，所有的一切
都在浮华和阴霾之下
你开始敲击，那是斧凿之声
你敲击厚重无形的岩石
在岩石缝隙，你发现了幼松
它针叶嫩绿，它摇曳，它无语

这是你神思信仰中的细节
随之出现的启示令你惊喜
你决意开凿,在你的笔下
一个意象诞生,接着是又一个意象
我能看见光明闪耀
那是我热爱的灯塔
那里是守望者的家

启示
就是一瞬间的点燃,这心智之火
这久盼之后的抵达
特里尔少年,你最初的梦
已经幻化为现实
你接受,你深入
为此,你甚至接受苦难的流放
在一个夜晚横渡英吉利海峡

谁也不能将你被流放的旅途
视为对岛屿的奔赴
十九世纪的欧洲

普鲁士，法兰西，比利时
这三个国度欠你一个道歉
当他们将你流放时
他们放弃了虚假的风度
他们恐惧你的存在
他们甚至无视你净水一样的妻子
还有青草一样需要生长的儿女

可是
就在如此的境遇中
你在全世界无产者的谱系上
写下了第一行文字
导致贫困的罪恶
依赖罪恶的体系
这个体系以其奢华的方式
展示着傲慢
城堡，宫殿，壁画，歌剧，角斗场
教堂的尖顶
他们唯独无视贫苦的群体
这个群体，才是创造了历史的主人

在这个谱系上

你撰写了天才的大纲[1]

这预示着一条伟大的思想之河

已经确立了正确的流向

在北方高原

我听鸿雁歌唱，我听世世代代

人类的心声与目光

如何形成飞翔的翅膀

凝望燕山，我听你的年代

在新旧之间，你敏锐的感受

如何变成坚定的行为

你献身创造，你绝对没有

逼迫任何人与你同行

你的岁月，在人类记忆的空间

就这样留下了鲜明的曲线

形态如此自然

所以

是应该歌唱的

---

[1] 1857年7月—1858年6月，马克思撰写了《1857—1858年经济学手稿》，标题为《政治经济学批判》。这部手稿是《资本论》的第一稿，具有极其重要的价值。

为你留给世界的无价的遗赠
是要对落寂者说
在你们的年代
你们曾经以傲慢排斥一位伟大的智者
你们甚至没有留下一丝痕迹
而他,却拥有了长河

你的遗赠
人类智慧与思想永恒的眼睛
始终凝视着光明

我凝视你
我在北方高原谛听你的诗歌
你的摩泽尔河;谛听你的哲学
在你哲学之空飞舞的鸥鹭
谛听你被流放的路途
你的身影,你前方的气韵
热切期待你莅临的人群

时间不能被打磨
时间会打磨精神的琥珀
我感觉到了,就在我凝视的方向
逶迤的燕山早已成为横卧的语言

它从北方来,已经深入辽国
那一刻,在我和辽西之间
隔着美丽的老哈河
那一刻
我感觉到你无价的遗赠在典籍中复活
只要翻阅一页
你不朽的心智就会闪耀
就会看见璀璨的星子缀满天宇
敬奉你的人,在那里劳作生活

你无价的遗赠
在全世界无产者用生命捍卫的圣殿中
是鲜血浸透的信仰
熠熠发光!在那里
几乎所有的奔赴者都珍重气节
在那里,他们都获得了永恒的安息

是从塞外通往华北平原的路上
车过金山岭,进入密云
我看见夜晚北方的灯火
我的感觉,还没有从你的年代里走出来
是中国的秋夜
可以想象满山红叶浸染自然

这是另一种遗赠

我们，我们的时代就在其中

我想告诉你，我正在接近

中国一座典雅的都城

在那里，你已久享盛誉

你无价的遗赠

在那里被视为珍宝

上面不会出现一粒尘埃

在我的祖国

我希望以穿越的形式出现在秋天

这是无须确认的

这里，是接受你珍贵遗赠最多的国度

我选择秋天北上高原

是渴望在丰盈的大地间与你对视

我走过北方，感觉逐步向上

逐步接近一个所在

你在那里，你对我的祖国

说了一些话

我们

早已习惯于

用东方的汉字描述你珍贵的遗赠

你在这神意飞扬的文字中休憩
我们唱着你熟悉的歌曲
清晨，孩子们站在操场上
用庄重的目光
注视一面升起的旗帜

你就在这样的仪式里
这是你在少年时代幻想的景观
蓝天，歌声，旗帜
阳光普照大地
你就在我们熟悉的语境里
你的笑容，你的须髯
你的誓言般的文字
你的珍贵的遗赠
在中国的大地上
已经扎下深根

你珍贵的遗赠
这开启巨门的钥匙永远也不会锈蚀
你的缜密的思维和思想
在中国影响了很多人
在血与火的岁月中
你点燃了一大批青年的心

他们跟随你投身革命
他们热血沸腾
义无反顾

在那样的岁月里
即使有人面对枪口
也会高喊你的主义,他们
无比自豪于此生的选择
因为拥有了一种光辉的前缀
为了信仰,他们愿意慷慨就义

他们
是你精神的传人,你珍贵的遗赠
在他们寒夜的追寻里就是火焰
是不惧凄风苦雨的奔走
是宁愿长征二万五千里
也不会降落你的旗帜
中国
你的信仰者最多的国度
你的热爱者最多的国度
将你珍贵的遗赠放在最高的位置
像灯塔一样
像旗帜飘展的方向一样

成为不变的指引

在十九世纪的欧洲
那些轻视你的人,他们不会预见
在一个多世纪后
你的信仰会拥有如此肥沃的土壤
你的信仰,在中国
几乎就是第二故乡

最终
他们落寂,他们几乎已被遗忘
他们,在口若悬河指点一切的日子里
遮蔽了自己的缺失
这巨大的局限注定了断裂
如雾散山谷
寂然无声

我在一个雨日离开北方高原
我要再去淮河流域
那里,也是你思想森林繁茂的地方
再向南行,就见长江了
在这辽阔的土地上
我一路阅读你

我自信，我已读懂你珍贵的遗赠

我要把一切感觉记录下来

通过一个梦境，寄给你

我会忠实于发现

不是此次沿途

是在对你的一再阅读中

我所发现的信仰

已经绝对成熟

这是2020年10月的中国

我来到这里

淮河流过这里，传说留在这里

这里的石榴红了

我在这里给你写一封长长的家书

这里，是中国美丽的蚌埠

卡尔·马克思

第十六章

你的世界

你拥有两个世界
从十九世纪开始
你所建筑的通向未来的桥梁
就已经跨越了深海,就如一支
逆风飞翔的箭镞,在空中画出一道弧线

这个走向
也就是在桥梁的那端,有一只手
接住你的托付
这非常精确,这样的传递
需要光,需要在约定的时间里

完成一个默契的仪式

桥梁的那端不是虚无
那是盛开着鲜花的国土
是你理想的再生之地
你已经知道，就在那里
有黄河入海
有泰山日出

你的另一个世界
因为你精神的凝聚，这注定的通达
不会受到时间的拦阻
任何一种形态的流淌都在途中
是如此的循环，使我们
在今天的年代
想象你建筑精神桥梁的图纸
线条简洁，结构精密

你精确的探索
一直遵循着中轴线，也就是

你的眉宇，在两道目光之间

始终对着一个方向

即使你在被流放的路上

在巨大精神的空间

你追踪线索，比如不同的源头

所决定的流向

还有迷惘

你追踪汇合

那是被你认定的奇迹，不像雨

那样的汇合像火焰进入火焰

像时间进入时间

像预言进入预言

在你的世界里住着永恒的神

——人民！这伟大辛劳的群体

一直都是你的陪伴

是大树，他们是森林

描述你的世界

无须神圣的词汇，你也不喜欢这样

在共同的精神屋宇下

你更希望与你的信奉者在一起

是共享晚餐的人

为了让更多的人听懂你的声音

你进入深奥的隧道

你在那里探索了很多年

当你从里面走出来的时候

爱你的人发现

你已经老了

你的手中紧握着真理

当你对世界摊开手掌的时候

爱你的人，在你纵横的掌纹间

看见光芒经过你的手指

向四方飞去

你坐在那里

你用温和的神情告诉世界

你已经完成了一个使命

从此，你让世界深深铭记

因为你最后的守望

真理之光，才会在远方

传来金子般的回声

而伦敦，这雾蒙蒙的岛屿

也因为你的存在

赢得了尊重和荣誉

是尊重诞生

尊重从未有过的

精神的星系在这里生成

说赢得荣誉，是你在深奥的隧道里

获取了真知，你给一个

本来沉闷无趣的世界

贡献了无比精美的语词

一切

就此生动起来，被你赋予的

时间与真理的属性
随着你精神的桥梁向东方伸展
你的世界一派朗然

在桥梁那端
基石已经深入大地，有很多人
他们从暗夜出发
他们挽着手臂凝视一个方向
他们以这样的礼仪
迎接你莅临

你赢得了东方
从你所在的伦敦望去，远隔重洋
在精神之桥那端
一切都在静默中开始了
一切，包括一个腐朽王朝的终结

在那里
在你新的世界，一条奔涌的河流
已经冲破群山，它形成了

1902年早春,你莅临

你的声音抵达了这里 [1]

这不是一个事件

这是你的精神桥梁

由西向东贯通的象征

为了这样的世界

你曾在寒夜里独擎旗帜

你的青春笑容和心血

在时间的流逝中焚烧

这巨大的耗能,一寸一寸

蔓延开来的温暖和光明

这一寸一寸坚冰的融化

是你甘愿忍受艰难的过程

已经到了

在安宁中读你写你想你的时候了

必须承认你依然奔走在

精神之桥的两端

已经到了需要信仰火焰的一天

---

[1] 20世纪初,一些留外学者陆续将《资本论》介绍到中国。梁启超将马克思称为"社会主义之泰斗"。

你是播火者,你曾经不惜焚烧自己

也要与酷寒开战

绝对需要仰望的高度了

有时候,你在精神之桥的最高点

望苍云翻卷

大地人间

你就在那里

在你的世界注视着我们

一切,远未尘埃落定

已经到静心倾听的时候了

倾听先驱者最后的声音

在巴黎贝尔维尔

在美尼尔芒高地[1]

在拉雪兹神父公墓[2]

那成群成群倒下的英烈

至今在草丛中睁着眼睛

是需要缅怀了

在这样的心境下

---

1 法国巴黎美尼尔芒高地,系当年凡尔赛军队疯狂屠杀巴黎公社战士的地方。
2 拉雪兹神父公墓是世界上最著名的墓地之一,位于巴黎的第20区。在这里,在过去200年中为法国做出贡献的名人墓每年吸引数十万来访者。它也是五场大战争的纪念地。很多巴黎公社战士亦在此为革命捐躯。

凝望你,倾听你

倾听你的《法兰西内战》[1]

那凝聚着血与泪水的宣谕——

工人的巴黎及其公社

将永远作为新社会的光辉先驱

而为人所称颂

它的英烈们已永远铭记在

工人阶级的伟大心坎里

那些扼杀它的刽子手

已经被历史永远钉在耻辱柱上

不论他们的教士们怎样祷告

也不能把他们解脱

应该在这样的预言里集合了

是精神集合

挽起精神的手臂

在你的世界中感觉爱

集体的力量与慈悲

---

[1]《法兰西内战》,马克思著。《法兰西内战》精辟地分析了巴黎公社的发展过程和历史意义。

应该相信

我们距你近在咫尺

或者说,我们与你就没有距离

我们,是你信仰第二故乡的守护者

我们在精神之桥这端

有一种风雨依然在桥那端

你的两个世界

你曾经置身的,你的十九世纪的欧洲

你曾走过的

从特里尔到伦敦

还有中间的波恩、柏林、巴黎

第二次流放你的布鲁塞尔

如今,除了东方

你还拥有精神的世界

这永恒的,被时间紧紧拥抱的

被我们视为圣殿的存在

至今一尘不染

是不是该考虑慢下来

在一驾马车的意象中
体味你的家园，那绝对有序的
以劳作换取的生活
热爱大地上的所有
小溪、青草、农田、乡路
是否应该在那里张望疲惫的城市
把心还给心
把安宁还给安宁
把洁净还给洁净
把爱情还给爱情

你为之奋斗一生的
不就是为了争取一个公平的世间吗
没有强权，没有压榨
没有战争和瘟疫
也没有贫穷与仇视

你将原来的世界留给欧洲了
将摩泽尔河留给了特里尔
将流放之路留给了法国

不说布鲁塞尔了

更不说流逝无形的普鲁士

在我的梦境中

你的世界历经精神创造

如今月季正开,有一片大湖

湖面上飞着白鹭

在这个世界里

你和你的妻子,你的七个孩子在一起

在你不远的邻院

生活着你精神的手足

你在我们的梦中

有时,我们与你们一家人

会相遇在长城脚下

你会对我们示意

你面色红润,须髯迎风

你的形象非常接近我们熟悉的长者

你熟读人世,但含蓄如初

在精神世界

你是我们从欧洲接回来的亲人
你的信使,自然之光
在一个午夜飘至你的窗前
那一刻窗外的虫鸣
就是一缕光明对你发出的呼声

必须勇敢地承认
在时间里,在世界上
我们接收了你的遗赠
这几乎就是全部

可以一再回望你启程的那一天
仿佛就没有告别
你也不需要这种仪式
在伦敦的灯光下
你合上一本书,你看了一眼
你对世界说,我完成了
我又要启程了
我要去一个更为古老的国度
我要去那里阅读一部

更为壮美的天地之书

在这个世界
会有很多人将你尊为祖父
我希望这样,在中国的茶山上
你是一介布衣,你参与劳作
你的脸上淌着汗水
在你的身边,聚着你所有的后人

我所描述的这个世界
有你辉煌的理想光芒普照
在最辽阔的地方,在这里
古老与美丽并存,江河并进
在这里,五千年岁月不远
月照群山,雁落湖畔
在这里,一首古歌
能够被传唱千年

在这里
还有一些伟大的英灵

追随你精神的世界

我们称他们为先烈

或革命先行者,正是他们

在最初的时间里等在桥的这端

今天

他们以另一种方式存在

他们仍在表达,他们对往昔

枪林弹雨的理解,词语激情充沛

如果高唱歌声走向牺牲

那是革命的浪漫

在他们中间

有人为孩子留下了信札

在书写之前,他们会洗净双手

不是恐惧让后人看见血迹

是要从容笃定

他们有一个共同的心愿

要让自己的后人

在信中看见鸽子

要让他们记住革命

这个理想纯洁无瑕

就如风雨过后

看见湛蓝的天宇

这才是追寻,这才是真理

这才是投身革命的意义

若为此牺牲,则是必须

在中国

这是一道无比悲壮的碑林

即使将缅怀的目光转移到另一个地方

我也能在心里默念很多名字

我甚至能够意念他们的神情和笑容

我是可以想象的

对这个群体,我总是充满了崇敬

他们,是东方大地精神的脊梁

是你最坚定的追随者

他们誓死捍卫你光辉的姓名

就以那样的方式

进入永生

我给你的信

在这个时刻到达黄昏

是在淮河岸边,我在设想

当新的黎明到来时,我会跟随你

走向信仰的核心

我将遇见很多很多人

他们与你一道高唱歌声

是的,那是全世界无产者

都无比熟悉的歌声

它的母体是巴黎公社[1]

它的灵魂,是觉醒了的人们

对你伟大预言的认知

是真理与神圣

推动了巴黎的星空

这是十月的中国

我的近旁流淌着淮河

这是此刻,桂香飘着

黄昏还没有闭合

---

[1] 巴黎公社(1871年3月28日至5月28日),是人类历史上第一次无产阶级政权的伟大尝试。

我要说

我真的可以感觉你的存在

我也在听着,不是听淮河唱晚

大禹涂山,我在谛听你博大的胸襟

如何容纳了往昔

如何深深改变了人类的命运

在你的基石上

镌刻着时间的记忆

那是永不凋谢花儿

盛开在自然的四季

它也盛开在我的祖国

可以说,哪里有花朵

哪里就有你的世界

我们与你,我们与你的世界

永远也不会告别

现在他逝世了

在整个欧洲和美洲

从西伯利亚矿井到加利福尼亚

千百万革命战友

无不对他表示尊重、爱戴和悼念

而我可以大胆地说

他可能有过许多敌人

但未必有一个私敌

他的英名和事业

将永垂不朽![1]

1883年3月14日

你离开了！你走了[2]

你没有走向伟大的寂静

你走向了伟大的精神

那奔赴世界范围的旅程

你创造了一个世界

你走向了一个世界

在两年之前，你最亲爱的妻子

---

1 恩格斯：《在马克思墓前的讲话》，《马克思恩格斯文集》，第三卷，人民出版社，2009年，第602—603页。
2 1883年3月14日，马克思主义的创始人之一，第一国际的组织者和领导者，马克思政党的缔造者之一，全世界无产阶级和劳动人民的革命导师，无产阶级的精神领袖，国际共产主义运动的开创者卡尔·马克思在伦敦寓所与世长辞，享年65岁。

在岁末的夜晚与你告别[1]

你，伟大的人，再一次用诗意的文字

对后人描述了爱人最后的时刻——

她及时咽气

这对我是个安慰

甚至在最后的几个小时

也不用同死亡进行任何斗争

而是慢慢地沉入睡乡

她的眼睛比平时更富于表情

更加美丽，更加明亮！[2]

你献给爱人的语言

是留给未来世界的绿荫

我们看见了，我们愿意做证

你已经重返世界，你活在那里

在一切爱你的人中间

你手指一棵美丽的树

春天，伦敦，海洛特公墓

---

[1] 1881年12月2日，马克思的妻子燕妮在平静中去世。
[2] 《马克思恩格斯全集》，第35卷，人民出版社，1971年，第42—43页。

你与燕妮重逢了,以这样的方式

你们再次携手,永久团聚

此刻

是淮河之夜了,我可以感觉天幕

那灿烂的星群辉映天宇

我知道你在哪里

我知道该将信札寄往哪里

我知道,在你的世界

真理的火焰不会熄灭

你始终都在我们的近旁

你的世界就是我们的世界

我们敬你,我们爱你

欢迎你回家!这里

是你深深爱着的东方大地

卡尔·马克思

··········

第十七章

国际歌

在此之前
还没有任何一种旋律
以如此强大的力量穿过时间的忧伤
歌声的起始如祷告
面对亡失于巴黎
美尼尔芒高地的英灵
很多人，很多很多人站在雨中
他们是幸存者
他们那一刻的悲愤流成了河

从那一刻开始

人类世界诞生了新的语言
这种语言无关种族、地域和卑微
它以迅疾的速度传向世界
它是陪伴落日潜入暗夜的风
它在空中起舞
它拒绝爬行

人类历史在这里出现残破的一页
是一道流血的伤口
在伤口深处
安息着亡灵

你听
开始是低沉的
如乌云压着群峰，如浪涌回旋
你可以感觉在泪水迎来的雨季里
有一群人手牵着手
走过坎坷和泥泞

在短暂静默之后

浑厚的旋律开始向低空升腾
他们仰视，那一刻，乌云飘散
拒绝哭泣的人们向高处行走

那一天
在欧洲不眠的夜晚
你用锋利的语言切割黑暗
在你的倾听中，这庄严的歌声
渐渐形成了火焰

在黑暗背后
一定存在一种更为邪恶的力量
那一天，走过墓地的人们
肯定忽视了冷漠的注视
可是，他们真的是
携手走到一个时刻了
即使前面的人们再次倒下
后面跟进的人们也不会畏惧
而那种邪恶的力量
在漫长的时间中

像平静海面下的暗涌

恐惧长风和光明

特里尔少年

在很久以前,在摩泽尔河畔

你就在天空中发现巨大的黑翅了

它隐形,那种声音

充满迷惑,那是被重复了

数千年的谎言

披着华丽的外衣

天命如此

你在一瞬间成为真理的遣使

信仰和时间,将会用贫困和苦难

考验你的定力和心智

为了让你感知真理的光辉

时间之母给了你最美的爱情

你是追寻着这样的旋律离开特里尔的

在你少年的诗歌中

我看见真理的品质

通过你滚烫的语言流淌出来

它色彩素洁,但气息浓烈

那个时候

你已经是这庄严歌声里的音符

你在其中,你是其中最生动的核心

后来成为歌声的灵魂

我不会说这是圣歌

它不是圣歌,它是全世界无产者

精心培育在广大原野上的花朵

在所有的花瓣上

都有信仰的血色

欧仁·鲍狄埃[1]

在风雨中触到鲜血的人

将捐躯者们的灵魂集合到诗歌中

真理的诉求,在他的笔下

成为奔跑的火焰

---

[1] 欧仁·鲍狄埃(1816—1887),法国的革命家、法国工人诗人,巴黎公社的主要领导人之一,《国际歌》的词作者。

他渴望安抚所有牺牲者的眼睛

他的诗歌,在后来的岁月里

成为火炬、斧头、星子

成为无产者积蓄信仰的

无比壮丽的森林

皮埃尔·狄盖特[1]

为诗歌插上翅膀的人

在星空变奏下,他看见人流

潮汐般涌往一个方向

纵然是走向牺牲

也不会迟疑

这两个人走在你精神世界的两翼

在巨大的悲痛中

他们努力超越悲痛

他们给世界留下浩歌

那滋生于土地的,心灵的

通过掌纹向时间中扩散的信仰

被阳光照耀

---

[1] 皮埃尔·狄盖特(1848—1932),生于比利时,后移居法国,共产主义者,工人作曲家,《国际歌》谱曲者。

被雨水浸润

被泪水唤醒

被鲜血浸染

还有奔跑,欢呼,倒下

在这一切之间,无产者用生命所捍卫的

就在这雄浑的旋律中

它变成集体的语言

它超越地域,超越种族

也超越了时间

无须沉淀

从诞生之刻开始

它的缅怀与激励的性质

就如基石了,没有任何力量

能够动摇它,就连死亡

都不能使它移动半步

欧仁·鲍狄埃

巴黎公社的红色之子

在最猛烈的风雨中书写了这战歌

就在巴黎公社倒下的翌日

他的视野里出现了远大前程

他是糅着血泪书写的

他的近旁就有长眠的战友

巴黎凄风苦雨，人类记忆

在那一天迅速凝固

后来成为纪念碑

上面没有一个文字

在这样的歌声里

全世界无产者英雄的群像

永远也不会被风蚀

被英雄们高举着的

除了信仰，还有阳光与星光

他们最后的心愿

是在这样的歌声中

为无数后来的追随者们

照亮通向真理远方的道路

在辉煌的精神光焰中行进

那么多人！他们脚步铿锵

他们在最美的誓言中歌唱

他们

没有一个人躲避纷飞的弹雨

从那个年代到这个年代

这首浩歌色泽鲜明

它的形态时而升起

时而奔腾，时而舒缓，时而激越

它几乎凝聚了全世界无产者

集体的缅怀与向往

这首歌曲出现在哪里

哪里就是信仰的故乡

这首歌曲可以覆盖世界的雨季

覆盖雨季中的一切

它的音符是由灵魂组成的

被圣洁之手一再抚摸的

人类的悲苦与渴求

它的音符

从两片岩石的缝隙

从贫困的清晨和夜晚

从对手的示意里

从目光的对视中

从欧洲一国到另一国

从巴黎公社被枪声击倒的那一刻

分别呈现出来,它们神奇组合

像一片一片鲜嫩的叶子

有鹅黄,有淡紫,有鲜红

还有洁白!唯独没有黑色

歌唱者们,在那一天的巴黎

用双手捧着泥土

有一种声音说

你听,它到来了!它已经走了遥远的路

它曾在漫长的时光中等待

它在寒夜中历经了更深的寒夜

像一个巨大的旋涡

它等待

是等人心初醒，看着它飞

看它以什么样的旋律

给逝者以安慰

那个午夜

一个孩子出现在巴黎的灯光下

他要到另一个街区

他要去传达一个口信

他走到中途，他回头看了一下

枪声响起，他向前扑倒在冰冷的地面上

瞬时，天降大雨

他倒在那里

就如熟睡的报童

这个细节

如此长久地影响着我们的心灵

感动着我们的心灵

那个少年信使，他的口信

一定与觉醒相关

我不敢想象瞄准他的枪口

那个扣动扳机的刽子手

是否还有少年的记忆

那个扑倒在路面上的少年

是对觉醒了的欧洲

最悲伤的注释

我们不清楚那个少年的名字

他死在革命的夜晚

毫无疑问，他活在这样的歌声里

他是其中的一个音符

就如信仰之躯

最清澈的眼睛

倾听这歌声

我不会联想扶摇而上的鹰隼

或飘移大地的云影

我甚至不再联想火焰

它是灵魂了！它承载着

一切超越苦难的奔赴

想到群山之父，我就想

还有无数的山峰没有被命名

这歌声是由人类唱给人类的

这接受了血泪启示后凝结的语言

其中有钢铁般的声音

也有水的波涌

它源自心扉，在一切认知中

它能够象征的

它能够倾吐的

对大地上苦难的一群

几乎就是全部

它是一种伟大的存在

被巴黎的枪声突然惊醒

它通过两个人，在他们的笔下

实现了天地诉说

它在瞬间就拥抱了那个传达口信的孩子

它将这个孩子举到音符最高处

让他看见遍地青草

花开海岸

这歌唱
这不可战胜的声音
瞬间覆盖了全世界所有教堂的钟鸣
如果你看见起飞的鸽群
那就是对先驱者们的怀念

先驱者
就是无数活在这歌声里的人
我知道他们将什么留在了旋律中
那个倒在巴黎街头的孩子
他所提示的
是在后来的时间里
让无数后来的人
对信仰保持纯洁的崇敬

起来
这浩歌没有前奏
这第一声呼唤！这低沉的

海浪奔涌的声音！在暗夜
就是奔向黎明的大水
它被推动，它被焚烧
它被这歌声覆盖
它终将散去！那个站在高处的少年
会看见辽远的地平线

以真理的名义宣誓
以对生命的热爱与追求宣誓
以土地、种植、收获的名义
缅怀所有，所有的探索
所有的行进与牺牲
珍重这歌声里的信仰
让一切先驱者
在这歌声里安睡
以爱的名义
爱这光辉

爱这歌声的气质
信念结构中最有力的支撑

爱这真理蔓延的形态

生者有望

逝者安息

爱这多姿多彩多情的土地

无产者的追求

在更高的层面解读幸福

关于牺牲，是活在歌声里的人

在精神世界持续种植

让后来者敬畏抉择的品质

在歌声中

爱这忙忙碌碌的人间

让心有所属，在山下仰望山脊积雪

读懂上面的一线天空

你就在那里

你和一个少年，就在那个高地

你是带着他观看日出的

你对他说了摩泽尔河谷里的黄昏

波恩灯光下的爱情

你的被流放之路
布鲁塞尔的发现与基石

你没有对他说
苦难，来自对苦难的屈服
你也没有对他说英吉利海峡的雾
怎样牵着分离的欧洲

那个站在你身边观看日出的少年
那个纯粹的音符
在我们的浩歌中
就是你的化身

这首浩歌没有穿越梦
它穿越了无产者的悲苦
在巴黎的血腥中
以信仰的名义抬起了头
那个传达口信的孩子
在最后的时刻
还在对你招手

你没有对他说欧仁·鲍狄埃

皮埃尔·狄盖特

这两个创作了浩歌的人

他们的形象如何接近他的父辈

那是在血与火的日子里

那是从比利时到柏林

铺满真理之光的路途

他们见证了一切

而这浩歌，在美丽未来

终将成为无产者精神的守护

我倾听

此刻淮河岸边阳光灿烂

我倾听这脉水流，这东方大地上的光

这是十月的中国

我和我的祖国就在这旋律中

这不是梦

这是歌声中的一部分

我知道你改变了什么

你用殷红的鲜血浇灌了什么
我知道那个孩子传达的口信
在他倒下后的岁月里
带血的白色羽毛
为什么离开了天空

我知道
在东方中国
在一条曲折遥远的道路上
为什么会出现远征的大军
我知道他们为什么歌唱

我倾听
在我的意念里
那个传达口信的少年活着
他象征无产者葱茏的理想
是一个田园，属于世界和人类
我知道他为什么面朝大地
他在那一刻听到了什么声音

我倾听你

伟大不朽的智者

我理解这歌声中的河流

海洋与土地，歌唱的人们

为什么心怀笃定

在这样的旋律中

感觉肃穆，感觉随之而来的升腾

从未远离先驱者们的遗愿

在时间的注视下

那个传达口信的少年纯真复活

在中国上空，有一群鸽子刚刚飞过

有一群鸽子

刚刚飞过我的祖国

你就在这里，人类伟大的先哲

你在庄严的歌声里

你在中国十月的阳光里

你在微笑

微笑不语

我在倾听

我倾听浩歌的羽翼

所覆盖的广大的疆域

怎样牵动着源头。那是最初

你曾直面的岁月

你确立方向的岁月

从此风雨无阻

礼赞诞生

那是我们一直坚守的神圣理想

一刻也未曾偏离

那是必须用心珍重的过程

是将最难忘的记忆

写在祭奠先驱的石碑上

在这永恒的旋律中

一再向你保证：我们

永远也不会忘记

卡尔·马克思

第十八章

通向陕北的道路

1934 年 10 月

在你的注视下,他们出发[1]

他们选择了悲壮的远征

贡水相送[2]

武夷山泪流

那多情的山水

送一个少年负重远走

---

1 1934 年 10 月,第五次反"围剿"失败后,中央主力红军为摆脱国民党军队的包围追击,被迫实行战略性转移,退出江西瑞金中央根据地,进行长征。
2 贡水,赣江东源、正源,流经江西瑞金。

这个少年刚满十三岁[1]

这个少年，是你用真理和智慧

在东方大地上精心养育的

一颗伟大的心灵

这个少年

已经历经劫难，九死一生

他们出发，他们

是一大批年轻的信仰者

在告别贡水的时刻

他们对悲壮山河郑重承诺

一定要完成神圣的寄托

这出现在东方大地的史实

将无产者庄严的旋律推向了极致

他们集合，他们出发

他们穿着草鞋踏上通向陕北的道路

沉沉黑夜，红星照耀古老的中国

是照耀一隅的光明

---

[1] 1934年10月，中国共产党刚刚建党十三周年。

星星之火的前世今生

在他们誓师出发的一刻

呈现出伟大信仰鲜明的色泽

是一脉源流

你曾被流放

他们被迫远征

当你在寒夜

横渡英吉利海峡的时候

他们通向陕北的道路就被注定了

在这之前,在你的信仰下

他们在一艘红船上迎接了诞生

六年后

这年轻的森林

遭遇野蛮的砍伐 [1]

他们第一次直面牺牲

有什么样的历史

需要用鲜血记录?在写给你的长信中

---

[1] 1927年4月12日,以蒋介石为首的国民党新右派在上海发动反对国民党左派和共产党的武装政变,大肆屠杀共产党员、国民党左派及革命群众,史称"四一二"反革命政变。

我曾深切缅怀那个倒在巴黎街头的少年
他是象征啊
那一刻，他向东奔跑
在他的口信中
深藏隐忍的疼痛
比如牺牲
还有远征

他向东而行
他的口信传到那艘红船上
时间停在一个时刻
那些宣誓者，永远
记住了传达口信的少年

已经被你确认的道路
不会接受质疑的声音
如果一种理想的形态
曾如岩缝的松柏
其中一颗种子，两颗种子
或更多的种子飘向沃野

任何力量也不能阻止萌芽

它将迎着风雨成长

它将永远铭记曾经的一切

你用半个世纪苦苦求索

答案一朝开解

就是推开尘封之门

被一瞬贯通的,那个细节

曾被长久束缚

充满残缺

他们

向着陕北远征的人心怀真知

十三年,十三岁,第十三个预言

在风雨兼程的路上

这从未有过的诞生唤醒了中国

数千年积尘纷纷飘落

红日辉映年轻的湖泊

在诞生之后的第十三个秋季

年轻的心灵告别瑞金

这支被冠以工农的红军

向着启明星出现的方向进发

这信仰激发的苦难风流

将悲壮的过程给了道路

牵着你的手

他们奔往圣地

在向北而去的旌旗上

飘扬着你的魂灵

可以回望十三年诞生之路

在嘉兴南湖，在火热的广州

在北伐途中，在上海

突然遭遇的白色恐怖

诞生，就意味着开始了

是远征的开始

也不能避免牺牲

我无比感动于这年轻的集合

这年轻的工农红军
就如感动于倒在巴黎街头的少年
这个隐喻,在我阅读的信仰之书中
以复活的名义出现在路上
这不是幻化,这是血痕
这是写就的献身引领着旗帜
这是年轻的心
向陕北行进

他们出发
另一支大军一路护佑
那是所有为信仰捐躯的人
所汇聚的精神气韵
在过去十三年
年轻的诞生曾被扼杀
先烈们,以这样的方式再次归队
你都看见了,在中国
由东向西,一条活着的河流
如逆风而舞,就连死亡
也不能将他们拦阻

十三年

他们已经走过来了

追踪、囚禁、杀戮。曾经被剥夺

追求真理的道路

就如你在十九世纪的欧洲

被冷酷放逐

他们已经成为阳光下的队伍

他们已经击碎那个

嗜血而又阴冷的结构

他们敢于承认信仰

为此宁死不屈

在举手宣誓时

他们热泪盈眶

特里尔少年

这就是你的基因

你所选择的道路决定了他们的道路

为了信仰，他们投身风雨

在白色恐怖的绞杀里

他们严守秘密,这秘密是火种

不可熄灭,也不能被熄灭

他们用生命和热血

投入到伟大的实践中

在寒夜里选择之后

他们从来也没有动摇过

对你预言的一切

他们深信不疑

诞生

起义

顺应一种伟大的呼声

在南昌,在百色,在湖南,在上海

他们以信仰的名义

向永恒的阳光致敬

如果身陷囹圄

为了信仰的阳光

他们愿意把牢底坐穿

他们已经赢得了精神之路

隔着铁窗，他们蔑视阴暗

他们能够听到自己的歌声

在天地间，在内心里

在信仰深处开着洁白的花朵

开着血一般鲜红的花朵

他们是肩负着劳苦大众希望的群体

他们懂得土地的意义

他们懂得，是哪些人

以怎样的虔诚渴望获得丰盈

他们，将民众的劳动和汗水

视为人间的仁慈

民众是父

民众是母

民众是路

民众

是你在欧洲看到的觉醒

是那个为传达口信献身的少年

所象征的全部

人民，

只有人民，

才是创造世界历史的动力。[1]

你知道

在古老的中国大地上

一定会发出这样的声音

你知道结果就是这样

当他们登上南湖红船

当他们第一次举手宣誓

在白色恐怖中凝视一片鲜红

当他们走上井冈山，进入瑞金

当他们毅然出发

奔赴通往陕北的道路

早在这个过程之前

你就在欧洲预言了这个结果

在你信仰的树上，这鲜红的果实

在庄严的时刻里摇动

就如致意所有的追求

---

[1] 毛泽东《1945年4月24日在中国共产党第七次全国代表大会上作的政治报告》，见《论联合政府》。

在中国

因你的引领

你的信仰者们接受启蒙

此后所有的细节

都指向远方神圣的道路

而倾听,则朝向

这庄严神圣的声音

细节与过程

牺牲与精美共存的时间

诞生,酷寒,潜伏苦海

根据地,鲜红色的瑞金

交通员,秘密交通线

黑暗与曙光

河流与岸

"星星之火,

可以燎原。"[1]

在这样的预言中

我重返少年的记忆,在我的家园

---

[1] 1930年,毛泽东给红军某将领的信,见《毛泽东选集》第一卷《星星之火,可以燎原》。

在隔一条河就是燕山的地方
一些人坐在古柳下
他们在说传奇

那是和预言有关的
我听着，我可以感觉一条红色的河流
它奔涌，像一群人推动一群人
是月夜，我坐在一旁
我的耳边仿佛出现人群奔走的声音
我对英雄的认知
就是从民间的描述中开始的
那些人，男人，女人
还有如我一样的少年
他们从深沉的时光里走来
走到燕山下，走到河边
他们没有停下，其中一个少年
仿佛对我说了什么
他手握红缨枪，在他的目光里
我看见一条迷人之路
那是我幻想的，我憧憬的

充满着历险过程的胜境

是的
我至今记得母亲时代的歌谣——

有朱德,毛泽东,
二人领导八路兵。
杀死鬼子桥下扔,
血水河染红。

伟大的人们
我是在说你们远大的指向
如果一种理想能以这样的方式
深深影响一个少年的心灵
你们也就赢得了不朽

在贡水边
我问一位守望河岸的长者
——你在等什么?
长者没有回头,他背对着我

我看见那一刻贡水的夕阳

殷红，含蓄，凝重

有一些金黄在闪烁

如缓慢涌动的火

是在瑞金

我背对夕阳，长者背对着我

河流背对着什么？那些人

仿佛消失很久很久了

那个年代血肉相连的歌谣

仿佛传唱很久很久了

如果我们能够拾起一句河流的语言

我们就不会遗忘时间与怀念

是一脉源流

是同一条延伸的旅途

是同一种旋律感动的山河

在同一种信仰的旗帜下

年轻的中国工农红军

踏上了通往陕北的道路

他们是从罗霄山脉中走出来的

是从井冈山走出来的

是从苏区走出来的

他们浩荡北上

选择长征

一部不朽史诗的初章呈现了

四路大军相继出发[1]

他们，是从你的预言中走出来的

他们要去实现少年的心愿

他们相信——

星星之火

可以燎原

在贡水边

我的感觉是目送他们远去的

那支悲壮的大军

缓慢消失在我的视野

我倾听，从贡水的金色中

渐渐升腾起那种旋律

---

[1] 指参加长征的红一方面军、红二方面军、红四方面军、红二十五军。

那是全世界无产者集体的浩歌
我感觉到了,那一刻的瑞金
被深深笼罩在远别的氛围里
像一位隐忍的母亲
站在那里久久注视

现在
我该选择与你告别的方式了
是在书信中与你告别
我在思考这封长信的结尾
我会对你说些什么

从你的特里尔开始
到我的祖国江西瑞金
到此刻,我回到淮河岸边
我追寻的,我想表达的
是被你影响和改变的一切
这个世界!活在这个世界上的我们
该以怎样的谦卑
敬重你伟大不朽的灵魂

当我写到瑞金

写到贡水，写到红军北去的时候

我的脑际出现你的神情

你在注视，你在微笑

你伸出手臂指着东方

那一刻

深入东方辉煌天地之间的红军

已经远征到西康

你说过，人类的信仰

一定有一个值得奔赴的故乡

在他们战斗的沿途

我总能听到歌唱，那是属于心灵的

一送红军，十送红军

苏区美丽的姑娘

送他们去另一个故乡

你是一直与他们同行的

远征二万五千里

中国工农红军，以惊泣天地的壮举

向你证明，他们接到了口信

他们已经深深领悟

这个口信来自特里尔

来自波恩、布鲁塞尔

来自巴黎、伦敦

来自巴黎公社；在《国际歌》里

这个口信是旋律中血的脉动

是全世界无产者

在觉醒的清晨

一同发出的声音

这个口信

是曾经最为悲苦的人们

面对精神旗帜的宣誓

是你耗尽一生心血

在一切苦难的境遇中

用智慧发现的真理

这个口信
在中国工农红军开始长征时
就已经传到了陕北
在那个年代的中国
最优秀的一群人
最坚定的信仰者
在雪山草地枪林弹雨中
以他们的方式对你说
——我们前进
　　　　我们高唱着《国际歌》

一天清晨
红军最小的号手吹响集结号
那号声嘹亮，低音区凝重
在那号声里，有湘江血战
有五岭逶迤，乌蒙磅礴
有飞越大渡河，有岷山积雪
他们在号声中集合
他们在战旗下集合

面朝东方红日,他们说
真的,我们创造了奇迹
我们到了!我们已经
实现一种伟大的图腾
你们已经看见延安宝塔山
我们已经嗅到圣地的气息
那是闪闪发光的延河

  2019年12月8日—2020年10月22日,写作于蚌埠、合肥、长沙、北京、上海、西安、宁波、赤峰、瑞金、延安、固镇,完稿于蚌埠古民居博览园。

代 跋

我写《卡尔·马克思》

2019年金秋,在安徽蚌埠湖上生明月古民居博览园老宅,我见到德国马克思纪念馆前馆长波维叶。她是一位始终面带微笑、待人真诚温和的大姐。通过翻译,我们聊了很多。在此之前,我已经开始准备写作长诗《卡尔·马克思》了。我的准备停留在阅读阶段,其中有戴维·麦克莱伦的《马克思传》,袁雷、张云飞的《马克思传》,萧灼基的《马克思传》,张光明、罗传芳的《马克思传》,以赛亚·伯林的《卡尔·马克思》。听了我的构想,波维叶沉吟片刻后说,你应该到德国来,先到马克思出生地特里尔,你会从更深的层面认识马克思的。我接受了大姐的建议。

在湖上生明月老宅,我的感受是在等待什么。我确信,那终将到来的,就如一个奇迹。当我阅读到青年马克思写给恋人燕妮的诗歌时,我发现那是光芒!那是通向至美境地的照耀!那些火一样燃烧的文字具有飞翔的形态,让我笃信人类世界真的生长着智慧之树;而纯粹的爱情,是这树上的果实。

  我的心愿是,我要给一位伟大的先哲书写一部信札,我要告诉他,在世界东方中国,他不朽的魅力来源于他深刻的思想与挚爱的情怀,他对这片土地细雨般的浸润,改变了许许多多人的观念和行为准则;他用心智和信仰铸就的真理,引领了中国革命并使革命走向了胜利。我还要告诉他,今天,我们活在他的预言里;有些时候,我们看着他的画像,就如面对亲爱的祖父。

  我的札记是另一种书写,在属于我个人的时间里,我希望一切有序。书写形式的不同决定了,我会在时间中分配时间,这有些接近于在怀念中珍藏怀念。从这个意义上说,我对智者的阅读和写作充满着感动!在时间的属性里存在伴随,我感觉到了!我对此的发现是,即使在寂静的午夜,也会有深情凝望的眼睛。

Karl Marx

在2019年岁末到来之前,我写出了序诗。

总体感觉是,通过阅读和思考,我距卡尔·马克思,这位人类伟大的先哲越来越近了。于是,我对一位德国友人说,我计划去德国看望波维叶大姐了。这位马克思纪念馆前馆长,是另一个象征。

说越来越近,在时间与空间之间,是一个心理概念。面对世界,你感觉近,也就近了。我是在安徽蚌埠获得此种感觉的,我写长诗《卡尔·马克思》,也是对这座美丽珠城的郑重承诺。作为一个诗人,不是身在任何地方都会有创作冲动和激励的,蚌埠古民居博览园老宅之于我,不是短时间客居,而是前定。这就是为什么,我应中共蚌埠市委书记汪莹纯之邀,来龙园写作的原因。

我不否认,我已经开始写作的,是一部颂诗。因为我越来越真切地感知到,在某种特定的时间里,诗歌与写作就是拯救。这是一种像希望一样的力量,你若接近,就会拥有。我所寄望的,是在如此的精神劳作中确认伟大的属性,在什么样的背景中接受了大地深刻的影响。有一个指向永远也不会发生位移,那就是精神的故乡。

时间与时空并不能隔断某种事物之间的关联,我对马克思故里特里尔的想象,持续在蚌埠时间里,这的确是一种奇妙的体验。我要感谢这个城市,在安宁的龙子湖畔,我得以潜心阅读，闲暇时在湖畔散步，看着巨大的香樟树上落着鸟群。这些天来，我的阅读的指向性非常明确，一个伟大不朽的人，一个在一个多世纪中对人类世界产生巨大影响的人，他的人格与思想，已经成为历史丰碑坚实的底座。就我个人而言，我写作长诗《卡尔·马克思》，是用东方诗人的视角，怀着诚挚的敬仰悉心阅读一颗博大的心灵。我想给蚌埠，这座让我投身其中感觉厚重的城市，留下美好的纪念。这不是承诺，这是正在实践的行动。

有一些人问我，为什么会写这部长诗？我理解他们为何这样提问。我的回答是，因为我想写。我没有说，我等来了一个契机。这是什么呢？在马克思诞生两个世纪后，在人类世界，有那么多人纪念他，他的人格，他的诗歌，他的建构在人类之思中的缜密的理论，他代表一个庞大阶层所发出的宣言，无不说明他是一个立体的、杰出的、不朽的人。他对人类世界的影响和引领，在时间中就是丰碑与旗帜。在我的观念里，他是一个真实的男人，一个充满血性的英雄，一个深刻阐释了世界无产者内心声音的先哲。

夜晚，我会看着他的画像，他的浓密的、黑白相间的、美丽的头发与髯。我可以感觉到微微飘动。他清澈深邃的目光，依然在注视世界与人类。那是坚定，是淡定，也是笃定。我相信，青年马克思在柏林求学时，即已预见今日之世界，在他的年代，那是他在眺望中确认的远大前程。

是岁末，我在这个安静的园子里读书写作，深感世事亦如苍云，一切留下的，能够令人久久不能释怀的东西，到任何时候都会给我们以慰藉；一切富有激情的东西，往往以安宁的形态呈现出来，它让我们在某种看似凝滞的过程中体味人与大地尊严；一切被称为不朽的、人类的思想和由此创造的荣誉，始终伴随着我们。

反复阅读不同版本的《马克思传》，我得以认识一个立体的人，一个伟大杰出的智者。我深知，我要进入的背景，是过去了的两个世纪，我要选择一种路径，我需要倾听召唤，我需要思考，在距我遥远的欧洲，那片诞生了哲学与诗歌的土地，为什么会同时诞生《共产党宣言》？这无法否认的事实与对人类世界的巨大影响，来源于一个人，他就是卡尔·马克思。

在属于我的一个人的时间里，我的确需要等待，那是一缕光明吧！那应该是自由的、舒展的、惬意的，但保持郑重。我在阅读和写作中等待，只为迎迓；届时我会欣然上路，感受幸福和丰富之旅，实际上是接续。

《卡尔·马克思》的写作，因为疫情的突兀而至停止了。这一停，时间就过去了大半年。我停止写作，还有一个重要原因，我需要到马克思降生的地方去，到德国特里尔，我需要那片圣地的气息；我要去那里，怀着崇敬的心情感知时间——在过去了的两个世纪，这位先哲给世界所留下的，除了伟大不朽的论述，还有什么？

我是一定要在安徽蚌埠写就长诗《卡尔·马克思》的，因为写作这部长诗最初的激励是在这里获得的。我在想，就特里尔这个章节，我是可以继续写作的；相对于到达特里尔，我心中的特里尔同样具有可以想象和描述的空间。如今，不朽的马克思就在那个空间里，我甚至能够感受到他遥远的注视。

那是一个男人，一个诗人，一个哲人的目光。这种目光里的预言性已经深深改变了世界，是从心灵开始，辐射到广大的心灵。在时间的某个节点上，我要说，在今天，我们真的需要这位伟大先哲含蓄的注视，你可以从他的目光中感觉到火焰，感觉到燃烧的信仰与激情，感觉到河一样绵延的爱，感觉到铁一样的真实以怎样的形态接近并揭示了真理。在这样的注视下，你甚至能够听到悠远的钟鸣。

在安宁的夜里，阅读他的传记，感觉他的形象就是充满慈爱的祖父。我与他的对话方式是奇特的，我与他相隔两个世纪，相隔遥远的大陆，可我与他之间毫无隔阂。实际上，这是一个静默的过程，一问一答一刻，我所需要的路径渐渐变得清晰起来，这是精神之旅，我从文字中出发，会从文字中走出来，顺着他曾经生活奋斗过的道路走下去，直到我觅见这部长诗的终章。到那一天，我会将长诗《卡尔·马克思》作为一封长长的信札，以我的方式向他敬奉，以此感激他的启迪与引领。

2020年9月3日，在经历持续的阅读之后，我恢复写作。不久，我重返我的出生地内蒙古赤峰市元宝山，我需要一个地理高度，我需要站在那个高度仰视一位更高的先哲与他的信仰。

这个时候，我对写作这部长诗的感觉已经出现了变化。这种变化与长诗的结构和语境无关；这种感觉，是我在凝望高原河流时，有一种神圣的氤氲从河流的彼岸向我涌来，它所依托的，是古老时间深深的背景。

我完成了一个心愿。

感谢严昭柱先生为本书作序。

感谢汪莹纯先生。

感谢吴永斌先生。

感谢何逢阳先生。

感谢马国湘先生。

感谢著名作家凡一平先生。

感谢广西师范大学出版社。

以长诗的形式向一位不朽的先哲致敬，我所选择的语言，在写作的过程中服从了心灵。

一切，都值得铭记。

我会铭记。

舒　洁

于蚌埠古民居博览园老宅

2020年11月22日